GOTTESERFAHRUNG
UND WEG IN DIE WELT

Dominikus

HERAUSGEGEBEN UND EINGELEITET
VON VLADIMIR J. KOUDELKA

WALTER-VERLAG
OLTEN UND FREIBURG IM BREISGAU

1. Auflage 1983
Alle Rechte vorbehalten
© Walter-Verlag AG, Olten 1983
Gesamtherstellung in den grafischen Betrieben
des Walter-Verlags
Printed in Switzerland

ISBN 3-530-16810-6

INHALTSVERZEICHNIS

Vorwort 7

EINFÜHRUNG

I Die historische Gestalt des Dominikus 11
II Das Ringen um die apostolische Lebensform . . 29
III Die «apostolische Lebensform» des Dominikus . 42
IV Ein Mann der Synthese 62

TEXTE

I Die Persönlichkeit des Dominikus 73
II Mit Gott sprechen 103
   Die neun Gebetsweisen des Dominikus 109
   Die Kraft seines Betens 126
III Von Gott sprechen 140
   1. Wanderpredigt 157
   2. Armut 169
   3. Studium 176
IV Dominikus und die Frauen 184

ANHANG

Zeittafel 199
Quellen 201

Vorwort

Während sich heute unter Franz von Assisi fast jedermann etwas vorstellen kann, ist sein Zeitgenosse Dominikus, vor allem im deutschsprachigen Raum, fast ein Unbekannter, oder er ist ungenau bekannt. Das hohe Ideal des Evangeliums, das Franz praktizierte, und einige poetische Aspekte seiner Natur sprechen Dichter, Künstler und Idealisten an, setzen aber auch seine Person der Entstellung und dem Mißverständnis aus. Kurzlebige Strömungen und «Ideologien» beanspruchen oder mißbrauchen ihn oft für sich, ohne seine wesentlichen Anliegen zu verstehen. Dominikus, sein Leben und sein Werk, bieten weniger Möglichkeiten, Emotionen zu wecken, sie scheinen zu nüchtern zu sein. Um ihn gut kennenzulernen, braucht es ein gründliches Studium der Quellen und der religiösen, politischen und wirtschaftlichen Situation an der Wende des 12. zum 13. Jahrhundert. Das ist um so notwendiger, weil er keine Schriften hinterlassen hat, aus denen wir heute ein Lehrsystem aufbauen, genaue Anweisungen für unser religiöses Leben ermitteln oder sogar unsere religiöse Empfindsamkeit anregen könnten. Er war ein Mann spiritueller Erfahrungen, von dem starke Impulse ausgingen, mit denen er dem Glauben, der Kirche und den Menschen zu Hilfe kam. Seine Lehre war seine mitreißende Persönlichkeit und sein Vorbild, durch die er die Schar seiner Jünger prägte, die seine «Lehre», Gedanken und sein Programm weitertrugen und damit neue Kräfte auslösten, die bis heute wirksam bleiben. Dominikus hatte die Gnade des gesprochenen und nicht des geschriebenen Wortes, hinter dem aber die Harmonie seiner Persönlichkeit, seiner Gotteserfahrung und seines kühnen Handelns stand. In den Quellen kommen diese Elemente sehr klar zum Ausdruck. Es geschieht in diesem Buch das erste Mal, daß die ausgezeichneten und verschiedenen Quellen zu seinem Leben nach gewissen Aspekten geordnet werden, um diese Harmonie zwischen seiner Persönlichkeit und seinem Werk dem Leser näherzubringen. Sein Verdienst bestand darin, die Elemente der damaligen Bemühungen um die «apostolische Lebensweise» aufzufangen und sie in einer konkreten Synthese zu verwirklichen, die neue Strukturen des religiösen und apostolischen Lebens schuf, welche sich dann als sehr fruchtbar erwiesen haben. Die Einführungen wollen dem Leser helfen, die komplexe Situation seiner Zeit besser zu verstehen und selber zu urteilen, welchen Dienst Dominikus der Kirche seiner Zeit, aber auch der Universalkirche und der Kultur erwiesen hat.

Damit die Texte dem heutigen Leser zugänglicher werden, sind sie nicht immer ganz wörtlich wiedergegeben. Die Aussagen der Zeugen in seinem Heiligsprechungsprozeß, welche ursprünglich vom Notar so festgehalten worden waren, wie die Zeugen ausgesagt hatten (Ich-Form), und erst am Anfang des 14. Jahrhunderts in erzählende Form (Er-Form) übersetzt wurden, geben wir in der ursprünglichen Form wieder, die sich nach noch erhaltenen Bruchstücken leicht wiederherstellen läßt.

An diesem Buch waren P. Viktor Hofstetter, Zürich, beteiligt, der «Die neun Gebetsweisen des hl. Dominikus (Nr. 81) übersetzt hat, und P. Hilarius Barth, Graz, welcher die Einführungen sprachlich gestaltet und die Nr. 123, 127, 140–146, 158/159, 162, 165–69, 174 fachmännisch übersetzt und mit Anregungen aus seinem Wissen auf diesem Gebiet die Arbeit wesentlich erleichtert hat. Alle übrigen Texte hat P. Ueli Zwimpfer übersetzt.

P. Vladimir Koudelka

EINFÜHRUNG

I DIE HISTORISCHE GESTALT DES DOMINIKUS

(Die Zahlen in den Klammern beziehen sich auf
die Nummern der Texte)

1. Quellen

Es gibt kaum einen Heiligen des Mittelalters, von dem wir so authentische Quellen zu seinem Leben und Werk besitzen wie für Dominikus. An die 177 Urkunden ermöglichen es uns, oft auf den Tag genau die Orte zu bestimmen, wo er sich aufgehalten hat. Dank der Papsturkunden für den Ordensgründer können wir auch seine Ideen verfolgen, die er in den Bittschriften an die päpstliche Kurie darlegte und die von der Kanzlei in die Papstschreiben übernommen worden sind. Diese Art von Urkunden fehlt für Franz von Assisi, dem Zeitgenossen des hl. Dominikus, fast vollständig.
Die ältesten Konstitutionen des Predigerordens, die uns überkommen sind, stammen erst aus der Zeit um 1230 und enthalten deshalb Zufügungen aus den Jahren nach Dominikus; doch ihre Gedanken und Formulierungen sind im wesentlichen sicher dieselben geblieben wie zur Zeit des Ordensgründers. Der Heiligsprechungsprozeß von Bologna (August 1233), bei dem neun Predigerbrüder unter Eid aussagen, leidet zwar unter den stereotypen Fragen der päpstlichen Delegierten, die sich nur für die heroischen Tugenden des Heiligen interessieren, aber aus den Antworten erfahren wir viele Einzelheiten aus seinem Leben und über sein seelisches und religiöses Profil. Der nur summarisch durchgeführte Prozeß im Languedoc fügt lediglich einige interessante De-

tails hinzu. Unter den erzählenden Quellen nimmt das «Büchlein von den Anfängen des Predigerordens» des Jordan von Sachsen in der ganzen mittelalterlichen Geschichtsschreibung eine Sonderstellung ein. Jordan schreibt noch vor der Heiligsprechung von Dominikus, und sein Ziel ist es, die Anfänge des Ordens und nicht das Leben des Stifters zu schildern. Wenn er über ihn spricht, tut er das nicht als Hagiograph, sondern als Historiker. Je stärker aber in ihm das historische Interesse wird, um so besser ist er unwillkürlich als Hagiograph. Neben den «Legenden», die nach der Heiligsprechung (1234) für liturgische Zwecke entstanden sind – die Legenden des Petrus Ferrandi (1234–38), des Constantin von Orvieto (1246/47) und des Humbert von Romans (um 1260) –, besitzen wir noch drei Werke, die Überlieferungen von Personen wiedergeben, welche Dominikus gekannt haben. Einige dieser Überlieferungen veröffentlichen Gerard von Frachet in seinem Werk «Vitae Fratrum» (Lebensbeschreibungen der ersten Brüder) im Jahre 1259 und Bernard Gui in seiner Überarbeitung des Buches von Stephan Salaniac († 1291) «De quatuor, in quibus Deus Praedicatorum ordinem insignivit» (Die vier Merkmale, durch die Gott den Predigerorden ausgezeichnet hat), die er zu Beginn des 14. Jahrhunderts herausgab. Etwas phantasievolle Geschichten, die aber manchmal einen kostbaren historischen Kern enthalten, hat Schwester Cäcilia den Dominikanerinnen von St. Agnes in Bologna erzählt; aufgeschrieben wurden sie um 1290 von der Schwester Angelica.

2. Charakterbild des Heiligen

Trotz dieser ausgezeichneten Quellen wurde das historische Bild von Dominikus bald nach seinem Tode entstellt und vor allem durch die Dominikaner den jeweiligen Modeströmungen angepaßt. Um den Widerständen in den eigenen Reihen gegen die Übernahme unpopulärer Ämter und Aufträge, wie z.B. der Inquisition, die dem Predigerorden von der römischen Kurie übertragen wurde, entgegenzuwirken, mußte man aus dem Ordensstifter einen Inquisitor machen, obwohl zu dessen Lebzeiten noch keine Inquisition bestand, oder ihn mit dem Amt eines päpstlichen Hoftheologen (magister Sacri Palatii) bekleiden, obwohl diese Vorstellung der geistigen Physiognomie des hl. Dominikus überhaupt nicht entsprach. So wurde ein entstelltes Bild von ihm bis in unser Jahrhundert hinein fixiert und auch von der Weltliteratur übernommen. Schon für Dante ist Dominikus «mild zu den Seinen, hart mit den Feinden» (Paradies XII).

Die quellenkritische Arbeit der Historiker unseres Jahrhunderts hat versucht, den wahren Dominikus wieder zu entdecken. In seiner psychischen und religiösen Eigenart vereint er gegensätzliche Elemente, die er jedoch zu einer harmonischen Ausgewogenheit bringt. Wie seine Persönlichkeit, so ist auch sein Werk, der Predigerorden, Zeuge seines ausgeprägten Charakters und seiner charismatischen Begabung. In beiden ist nichts übertrieben oder exaltiert, alles hat seinen genauen Platz, alles ist wie die richtige Antwort auf eine bestimmte Frage. Und in seiner Zeit gab es viele Fragen; in jeder kam eine Not der damaligen Welt und der damaligen Kirche zum Ausdruck: äußere Bedrohung des Westens durch den Islam und die heidnischen Völker, innere Bedrohung durch Irrlehren, Verfall der «klassischen» Orden, Veränderungen in den wirtschaftlichen und sozialen Strukturen (Anfänge der Industrialisierung und Wachstum der Städte).

3. Aus der Generation der Neusiedler

Auch das kleine kastilische Dorf Caleruega in der Diözese Osma weist alle Spuren von Bedrohung, Verteidigung und Neubesiedlung auf. Dominikus wurde dort zwischen 1173 und 1175 geboren; das Geburtsjahr können wir nur annähernd aus seinem Studiengang erschließen. Die Bewohner Kastiliens tragen die Hauptlast bei der Befreiung der Iberischen Halbinsel von der islamischen Herrschaft, einem Kampf, der auch Rückschläge kennt. Das Dorf mit seinem Befestigungsturm, die Eltern Felix und Johanna, wohlhabende und fromme Leute (seine Taufpatin wird «adelig» genannt), all dies prägt den Charakter des jungen Dominikus. Bei seinem Onkel, einem Erzpriester, lernt Dominikus Latein, um anschließend in Palencia die sogenannten «Freien Künste» zu studieren und seine Ausbildung mit dem Studium der Theologie abzuschließen. Während einer Hungersnot verkaufte er seine kostbaren Bücher und stiftete ein Hospiz für die Armen (13,151). Damit war der Weg zum Eintritt in das kurz zuvor reformierte Domkapitel von Osma frei. Hier sind seine Hauptaufgaben das liturgische Gotteslob und die Kontemplation. Aus dieser beschaulichen Ruhe reißen ihn zwei Reisen nach Norddeutschland, die er in den Jahren 1204–06 als Begleiter seines Bischofs Diego von Azebes im Auftrag König Alfons' VIII. unternimmt. Die Abgesandten des Königs sollen für den Prinzen Ferdinand um die Hand einer adeligen Dame werben und diese dann nach Kastilien geleiten. Auf den beiden Reisen lernt Dominikus zwei

der Gefahren kennen, welche damals das Abendland bedrohten: in Südfrankreich die Häresie der Albigenser (107) und in Deutschland das heidnische Nomadenvolk der Kumanen, die als Hilfstruppen im Heer des böhmischen Königs Ottokar I. unter schrecklichen Greueln in Thüringen eingefallen waren und das Land verwüsteten. Beeindruckt von der körperlichen Schönheit der hellblonden und blauäugigen Männer, gepackt von Mitleid für die Heiden und zugleich vom Wagnis, sie für Christus zu gewinnen, entschließen sich Diego und Dominikus, mit Erlaubnis von Papst Innozenz III. als Missionare zu den Kumanen zu gehen. Als ihnen der Papst die Erlaubnis versagt, machen sie sich auf die Heimreise nach Spanien (108). Doch auf dem Rückweg treffen sie im Sommer 1206 bei Montpellier drei päpstliche Legaten und Zisterziensermönche, die verzweifelt die Flinte ins Korn werfen wollen. Ihre Predigten und Auseinandersetzungen mit den Häretikern waren erfolglos geblieben. Sobald sie nur den Mund auftaten, warfen die Irrlehrer ihnen die verdorbenen Sitten des Klerus und den Reichtum der Kirche vor und wiesen im Gegensatz dazu auf den vorbildlichen Lebenswandel der albigensischen und waldensischen Wanderprediger hin. Man hätte deshalb zuerst den Klerus reformieren und im Grunde neue Formen des Ordenslebens, die dem frisch erwachten Gespür für die «apostolische Lebensweise» entsprachen, schaffen müssen (109–112). Aber wo findet sich jemand, der dafür die nötige Zeit und den nötigen Einsatz aufbringt?
Was für Franz von Assisi die Begegnung mit dem Aussätzigen bedeutete, welche seine Lebensweise endgültig bestimmte, war für Dominikus die Begegnung mit den gescheiterten päpstlichen Legaten. Bisher hatten sich er und Diego bloß in Gedanken mit der «apostolischen Lebensweise» beschäftigt; nun nehmen die beiden sie konkret auf sich. Zu Fuß ziehen

sie mit den päpstlichen Legaten von Dorf zu Dorf, erbetteln ihren Lebensunterhalt und disputieren mit den Albigensern und Waldensern (113–117, 122). Als Stützpunkt dient ihnen das neu gegründete Frauenkloster in Prouille (Ende 1206), in den Anfängen sicher ein sehr armes Kloster (172–74). Nach dem Tod Bischof Diegos (30. XII. 1207 in Osma; 118–20) und der Rückkehr der Zisterziensermönche in ihre Klöster löst sich das Unternehmen aber praktisch auf; und als nach der Ermordung des Legaten Petrus (Anfang 1208) Innozenz III. zum Kreuzzug gegen die Häretiker und ihre weltlichen Beschützer aufruft, scheint alles verloren.

Wer den Mut nicht verliert, ist Dominikus (121). Während eines der grausamsten Religionskriege der Geschichte durchwandert er die gefährdeten Gegenden, sucht das Gespräch auch mit den Irrenden und Verführten, duldet und leidet mit den Menschen. Es bekümmert ihn wenig, daß er als Chorherr die Residenzpflicht in Osma hätte; er kann aber die Zisterzienseräbte verstehen, die sich in ihre Abteien zurückziehen, wie es ihre Pflicht ist. In mehr als acht Jahren seines Aufenthaltes im Languedoc sammelt er Erfahrungen mit Gott und dem Willen Gottes in diesem zerrissenen und leidenden Land (19, 53–56, 124). Er kommt zur Überzeugung, daß die Schäden, welche die Häresie (Unwahrheit oder einseitig betonte Wahrheit), die veralteten Strukturen der Kirche und die Unsitten des Klerus seit langer Zeit angerichtet haben, nur behoben werden können, wenn ein neuer Verband ins Leben gerufen wird, der den im Entstehen begriffenen Verhältnissen und der neuen Geistesart angepaßt ist. Während seiner langjährigen Tätigkeit in Südfrankreich mußte er erleben, wie ungenügend die Kräfte eines einzelnen sind. Als einzige Möglichkeit, diesem Mangel abzuhelfen, kam damals nur ein neuer religiöser Orden in Frage.

4. Ein neuer Orden

Bei seinem Wirken im Languedoc, wo Dominikus sich als «demütiger Diener des Predigtwerkes» bezeichnet, hatte eine kleine Schar von Mitarbeitern sich ihm angeschlossen. Das geschah noch ohne jede feste Bindung. Doch im April 1215 legen einige der Männer in Toulouse die Profeß in seine Hände ab (126). Unter ihnen befindet sich Petrus Seila, in dessen Haus die neue Gemeinschaft unterkommt, nachdem Dominikus die Schulden, mit denen die Familie Seila seit langem bei den Juden von Toulouse belastet war, bezahlt hatte. Die Gründung wird anschließend durch Bischof Fulco von Toulouse, einem ehemaligen Troubadour, Familienvater und Zisterziensermönch, genehmigt (127). Dominikus schätzt diesen Mann, auch wenn ihre Ansichten nicht immer übereinstimmen. Fulco war ein Anhänger des Kreuzzugs gegen die Albigenser und warb in Frankreich und Belgien Kreuzfahrer an. Dominikus hingegen befürwortete und förderte «das Unternehmen des Glaubens und des Friedens» im wahren Sinn des Wortes.

Um die Sorge für den Glauben geht es auch im neuen Orden, dessen Grundsätze wir der Urkunde Fulcos entnehmen können. Es ist ein Priesterorden, dessen Mitglieder in ihrer Lebensform die «Nachfolge der Apostel» verwirklichen. Im Spätsommer 1215 begleitet Dominikus seinen Bischof Fulco nach Rom zum IV. Laterankonzil, um vom Papst die Bestätigung des Ordens, der «Orden der Prediger» genannt wird, zu erbitten. Die päpstliche Bestätigung war eigentlich nicht nötig, weil die Bischöfe in ihren Diözesen die Vollmacht hatten, neue Orden zu gründen und zuzulassen. Aber sie konnte dem jungen Orden einen festeren Rückhalt geben und ihn so von der Person und den Launen des Diözesanbischofs unabhängiger machen. Die päpstliche Bestätigung erfolgte durch die Aufnahme der Regel eines neuen Ordens in die Confirmationsbulle. Auf diese Weise sind zum Beispiel der Karmeliterorden und der Orden des hl. Franz von Assisi bestätigt worden. Das Kirchenrecht kannte grundsätzlich nur drei Arten von Ordensleuten: Eremiten, Mönche und Chorherren, daneben noch Ritterorden. Zu welchen von diesen sollte der Orden des Dominikus gerechnet werden, wenn allein schon sein Name die Unvereinbarkeit mit diesen Orden kundtat?

Der Papst wußte andererseits von der Vorbereitung eines Kanons des Konzils, welcher neue Regeln und damit auch neue Orden verbieten sollte. Obwohl dieser Kanon die Gemeinschaft des Dominikus nicht betraf, riet ihm der Papst, eine alte, innerhalb der Kirche bereits approbierte Regel zu wählen, und versprach ihm, dann das Gewünschte zu bestätigen. Es ist das zweite Mal, daß Innozenz III. einen Strich durch die Pläne des Dominikus macht. Für den Ordensgründer hieß das, auf die eigene Regel zu verzichten. Dies wäre noch das geringste Übel gewesen. Aber Dominikus ahnte sicher die Konsequenz, die eine alte Regel mit sich brachte. Es bedeutete nämlich, rechtlich zu einem dieser Orden gezählt und somit den alten Strukturen eingepaßt zu werden, die ihm nicht erlauben würden, das Neue, auf das es ihm gerade ankam, durchzusetzen. Nach seiner Rückkehr nach Toulouse wählt er im Frühjahr 1216 mit den Brüdern die Regel des hl. Augustinus, nach der er als Chorherr in Osma lebte. Sie übernehmen die Augustinusregel nicht wegen dem, was sie enthält, sondern wegen dem, was sie auf Grund ihrer Allgemeinheit nicht enthält. So konnten sie in den Satzungen, die zur Regel hinzukamen, das Ziel ihres Ordens und die neuen Mittel zu diesem Ziel festlegen, ohne in Widerspruch zur genannten Regel zu geraten.

Als Dominikus im Dezember 1216 wieder in Rom erscheint, um die versprochene Bestätigung zu erhalten, trifft er bereits auf den Nachfolger von Innozenz III., nämlich Honorius III. Mühelos erhält er von der päpstlichen Kanzlei am 22. Dezember ein Privileg, das die Existenz der Gemeinschaft von St. Romanus in Toulouse in ihrer kanonischen Lebensweise nach der Regel des hl. Augustinus bestätigt und unter den päpstlichen Schutz nimmt. Den Text des Privilegs, der sich aus vorhandenem Formelgut zusammensetzte und jedes Jahr in Hunderten von Exemplaren ausgefertigt wurde, brauchte die Kanzlei im Entwurf dem Papst gar nicht vorzulegen. Nunmehr galten Dominikus und seine Brüder in der ganzen Kirche als Ordensleute. Vom eigentlichen Neuen, was Dominikus bestätigt haben wollte, von einem Predigerorden, dessen Ziel schon im Namen enthalten wäre, war hierin keine Spur zu finden. Deshalb setzt er seine zielstrebigen Bemühungen fort. Mit seiner liebenswürdigen Art und seiner gelebten Armut erringt Dominikus in diesem Labyrinth, in dem die meisten Angestellten nur auf Trinkgeld bedacht waren, Sympathien; er gewinnt vor allem Wilhelm, den ersten der päpstlichen Notare und späteren Kardinal (66–67). Dieser setzt beim Papst das Anliegen seines Freundes durch und ändert in der Reinschrift der Bulle vom 21. Januar 1217, wie wir noch heute am Original feststellen können, das Beiwort «praedicantes» (Brüder, die predigen) in das Hauptwort «Praedicatores» (Prediger) um. In diesem Schreiben fordert Honorius III. Dominikus und seine Brüder auf, unerschrocken das Evangelium zu verkünden. Dominikus hat also sein erstes Ziel damit erreicht (143).

Zu dieser Zeit ist der Ordensgründer noch ganz auf die Diözese Toulouse und ihre religiösen Probleme konzentriert. Er faßt den Plan, Professoren und Studenten aus Paris nach

Toulouse kommen zu lassen, damit sie seinen Brüdern in ihrer Aufgabe der Verkündigung helfen und sie in der Theologie unterrichten sollten. Der Papst unterstützt sein Anliegen, und die päpstliche Kanzlei händigt ihm das nötige Schreiben an die Pariser Universität aus (162). Dominikus rekrutiert keine Kreuzfahrer gegen die Irrlehren, sondern Professoren der Heiligen Schrift von der berühmtesten Hochschule des Abendlandes. Hätte seine Idee sich verwirklichen lassen, hätte das zur Gründung einer Universität in Toulouse geführt. Aber Dominikus kommt nicht dazu, die päpstliche Bulle nach Paris zu schicken, sondern ändert urplötzlich seine Pläne.

5. Ausgesandt in die ganze Welt

Der zweimalige Aufenthalt in Rom hat den Horizont des Dominikus erweitert und ihm die Augen für die Nöte der ganzen Kirche und der Welt geöffnet. Er erkannte, daß nicht nur die Gegenden Südfrankreichs Verkünder des unverfälschten Gotteswortes brauchten, und das Friedenswerk (negotium pacis) nicht nur dort, wo bereits der Krieg wütete, bitter nötig war, sondern daß die ganze Kirche danach hungerte. Dabei ahnte er, auf welch schwachen Füßen die Herrschaft des Grafen Simon von Montfort, des Anführers der Kreuzfahrer, in Toulouse stand. Am 18. Januar 1217, dem Fest der Kathedra des hl. Petrus, erschienen ihm in der Peterskirche zu Rom die beiden Apostelfürsten und erteilten ihm den Auftrag: «Gehe hin und predige!» In einer Vision schaute er, wie seine Brüder zu zwei und zweien die ganze Welt durcheilten und das Wort Gottes verkündeten (90).
Kaum nach Toulouse zurückgekehrt, sandte er im August 1217 die wenigen Brüder, die er hatte, aus. Weder die Prote-

ste Simons von Montfort und Bischof Fulcos noch die Einwände der eigenen Brüder vermögen seinen Entschluß zu ändern (86–87). Als Raimund, Graf von Toulouse, die Stadt am 13. September zurückerobert, sind sie bereits unterwegs. Sieben von ihnen gehen nach Paris (163). In der Universitätsstadt sollen sie den Orden bekannt machen und einige aus ihrer Gruppe Theologie studieren. Zwei Brüder, die nach Spanien gesandt werden, scheitern dort nicht zuletzt am Widerstand der Hierarchie, die für ihr Mißtrauen und ihre Ablehnung gegen neue Orden bekannt ist.

Mit der Aussendung der Brüder beginnt für den kleinen, aber schon internationalen Orden – unter den ersten Brüdern befinden sich Angehörige mehrerer Nationen – eine neue Phase. Dominikus streift die Bindung an die Diözese Toulouse ab; zugleich versucht er, wenn auch mit großer Vorsicht, sich vom Zweig der nach der Augustinusregel lebenden Ordensverbände loszulösen. Denn die Brüder behalten die Augustinusregel, die Bezeichnung «Chorherr» und den Abttitel für den Oberen der Gemeinschaft vorläufig bei, was die Neuheit des Ordens gegenüber der mißtrauischen Hierarchie verschleiert.

Seit Anfang 1218 weilt Dominikus wieder in der Ewigen Stadt. Sein größtes Anliegen ist nun, die Universalität des Ordens und sein besonderes Charisma: weltweite Predigt, erwachsend aus der apostolischen Lebensweise, vom Papst anerkannt zu bekommen. Am 11. Februar räumt Honorius III. dem Orden die Vollmacht ein, auf dem ganzen Erdkreis zu predigen, und nennt die neue Gemeinschaft «Predigerorden», wie wenn ihm der 13. Kanon des IV. Laterankonzils, der die Entstehung neuer Orden unterbinden wollte, schon entfallen wäre.

Auch in Rom vergißt Dominikus nicht, daß er Prediger und

Apostel ist. Er wohnt in einem Armenhospiz, wahrscheinlich in der Nähe des Lateran. Neben der Predigt in den römischen Kirchen gilt seine Sorge den Ärmsten unter den Frauen Roms, den Reklusen. Eingemauert an den Zugängen der Basiliken und in der Aurelianischen Mauer fristeten sie in unmöglichen hygienischen Verhältnissen ihr Leben und mußten jede religiöse Betreuung entbehren (175–76). Sein bedeutsamstes Werk für die Frauen der Ewigen Stadt war jedoch die Reform der römischen Nonnen. Innozenz III. hatte über der Erneuerung der Gesamtkirche die Reform in seiner Diözese nicht aus den Augen verloren. Im Jahre 1207 beschloß er, die sechs innerhalb der Stadtmauer bestehenden Frauenklöster zu reformieren und für die rund sechzig Nonnen ein neues Kloster zu bauen, um ihnen eine ordensgemäße Disziplin und ein religiöses Leben zu ermöglichen. Das Kloster sollte bei der alten Basilika von San Sisto entstehen. Mit dem Unternehmen betraute er den englischen Orden von Sempringham (Gilbertiner), der sich auf die Betreuung von Frauenklöster spezialisiert hatte. Leider haben die Gilbertiner sich des päpstlichen Projektes nie angenommen, und nach dem Tode Innozenz' III. wurden die Arbeiten an dem Klosterneubau bei San Sisto eingestellt. Eben jetzt, zur Zeit des Aufenthaltes von Dominikus in Rom im Jahre 1218, wird der Plan wieder aufgegriffen und er selbst mit der Durchführung beauftragt. Dominikus nimmt Kontakte zu den einzelnen Klöstern auf, um sie für die Reform zu gewinnen.

Im Sommer 1218 verläßt Dominikus die Ewige Stadt und kehrt nach dreizehn Jahren Abwesenheit in seine spanische Heimat zurück. Seine Brüder können endlich in Madrid Fuß fassen, wo auch ein Frauenkloster im Entstehen ist (175). Über Toulouse gelangt Dominikus im Mai 1219 nach Paris. Hier trifft er etwa dreißig Brüder aus verschiedenen Nationen an; viele von ihnen sind ehemalige Studenten und Professoren der Pariser Universität. Neben Gönnern, die den neuen Orden begeistert unterstützen, gibt es Widersacher, die um ihr Einkommen und ihr Ansehen bangen. Dies ist ein Grund, warum man es den Brüdern nicht erlaubt, in ihrer Kapelle öffentliche Gottesdienste und Predigten zu halten. Im Kleinen spielt sich hier schon der Kampf ab, der einige Jahrzehnte später eben in Paris zwischen dem Weltklerus und den Bettelorden entbrennen wird. Als Dominikus dann im Sommer in Bologna, einer anderen berühmten Universitätsstadt, ankommt, findet er eine starke Gemeinschaft vor, der ähnlich wie in Paris Professoren und Studenten der Universität beigetreten sind. Die Seele der Kommunität ist Reginald von Orléans, ehemaliger Dekan der Stiftskirche St. Aignan und Professor des Kirchenrechts, der in kürzester Zeit sehr tief in den Geist des Dominikus und seines Ordens hineingewachsen ist. Hier lernt Dominikus auch Diana von Andalò kennen. Die Tochter einer reichen und mächtigen Familie läßt sich für das Ideal der Nachfolge Christi begeistern und legt in seine Hände die Gelübde ab, obwohl es in Bologna noch kein Frauenkloster gibt, das von den Predigern betreut wird (181).

Im November bespricht Dominikus an der päpstlichen Kurie in Viterbo vor allem die Schwierigkeiten der Brüder in Paris, und Honorius III. greift zu ihren Gunsten ein. Die ebenfalls an der Kurie weilenden Vertreter des Ordens von Sempringham erklären den Verzicht auf ihre geplante Mitwirkung am Reformkloster bei San Sisto in Rom. Der Gründer des Predigerordens erhält nun offiziell den Auftrag, das Werk zur Vollendung zu führen. Bei den römischen Nonnen stößt Dominikus aber auf wenig Begeisterung. Nur fünf von sechs Schwestern des wirtschaftlich ruinierten Klosters Santa Maria in Tempulo in der Nähe von San Sisto zeigen sich – nicht ohne Widerstände – bereit, sich reformieren zu lassen (178–79). Aus den anderen Klöstern lassen sich nur einzelne Schwestern dafür gewinnen. Während die Bauarbeiten am Kloster unter der Aufsicht einiger Predigerbrüder voranschreiten, bricht Dominikus nach Bologna auf. Im Mai 1220 findet dort das erste Generalkapitel des neuen Ordens statt, das dem Orden eine Verfassung geben soll.

6. Die Verfassung des Predigerordens

Eine Verordnung des IV. Laterankonzils hatte verfügt, daß sämtliche Mönchs- und Chorherrenorden alle drei Jahre ein Generalkapitel abzuhalten hätten. Dominikus übernimmt jedoch die Gewohnheit des Zisterzienserordens und will, daß das Generalkapitel jedes Jahr stattfindet. Die Zeit des Übergangs und der Konzessionen, in der er, um die Neuheit seines Ordens aus Furcht vor der Verwechslung mit den bei Bischöfen verpönten Laienorden zu verschleiern, sehr behutsam vorgehen mußte, ist endgültig vorbei. Der Orden ist gefestigt; fast niemand zweifelt mehr an seiner Notwendigkeit, und er besitzt die volle Unterstützung des Papstes. Jetzt muß der Orden seine dürftigen Satzungen aus der Anfangszeit ersetzen, sich neue geben und seine Identität deutlich herausarbeiten. Was bisher bereits gelebt wurde, soll nun von Fachleuten des kanonischen Rechtes, die in der Gemeinschaft nicht fehlen (Paul von Ungarn, Moneta von Cremona), in eine knappe und genaue Sprache gegossen werden. Hier entsteht im Rohbau eine «Kathedrale des Verfassungsrechtes», die noch heute als «Meisterwerk menschlichen Denkens» (Léo Moulin) gerühmt wird. Von den Brüdern werden diese Satzungen im Heiligsprechungsprozeß «Regel des Bruders Dominikus» genannt.

Der Orden verzichtet nun auch auf feste Einkünfte und Renten; nicht bloß die Wanderprediger, einzelne Brüder also, sondern selbst die Konvente sollten vom Bettel leben. Die Kapitel über Studium, Gebet, Predigt, Aszese und Gemeinschaftsleben verfolgen als einziges Ziel die Erziehung und Formung eines guten Ordensmannes und Predigers, der getreu nach dem Evangelium lebt und das ganze Evangelium ohne Abstriche verkündet. Auf organisatorischem Gebiet erhält der Orden gleichfalls neue Strukturen, die sich wesentlich von den Strukturen der alten Orden unterscheiden. Trotz der alten Regel entsteht so in der Kirche wirklich etwas Neues, ein neuer Orden.

7. Das letzte Lebensjahr des Heiligen

Nach Abschluß des Generalkapitels unternimmt Dominikus eine große Missionsreise durch Norditalien. Hier waren die Verhältnisse womöglich noch verwickelter als in Südfrankreich: Kämpfe zwischen den Anhängern des Papstes und des Kaisers, Rivalitäten zwischen den Adeligen und den Bürgern, Auseinandersetzungen zwischen den Ober- und den Unterschichten in den Städten. Oft waren diese Kämpfe religiös gefärbt. Auch die Lombardei war vom Katharertum verseucht, das sich überdies in mehrere Sekten aufgespalten hatte. Wieder spürt Dominikus, wie wenig er allein oder mit einer Handvoll Gehilfen ausrichten kann. Deshalb versucht er, in den großen Zentren Klöster des Ordens zu gründen oder deren Gründung vorzubereiten. Diese Taktik erwies sich in der Zukunft als die einzig richtige. Seine Tätigkeit

gleicht der Aussaat, die erst später zum Wachsen gelangt. Er selber spürt auch, wie seine körperlichen Kräfte nachlassen.
Im Dezember 1220 erscheint er wieder in Rom. Eine ganze Reihe von Problemen und Anliegen harrt einer Lösung. Dank des persönlichen Einsatzes von Papst Honorius kam es in Paris zu guter Letzt zu einem Abkommen zwischen der Pfarrei St. Benedikt und dem Predigerkloster von St. Jakob. Endlich können die Predigerbrüder ihre Mission öffentlich und unabhängig erfüllen. Auch die Beziehungen zur Universität wurden ausgebaut. Auf Veranlassung von Dominikus verschickt Honorius III. eine ganze Reihe von Dankesschreiben an die Pariser Universität sowie an verschiedene Städte und Klöster. Er dankt ihnen für ihre Unterstützung des Predigerordens mit Worten, die den Eindruck erwecken, als ob sie dem Papst persönlich einen Gefallen erwiesen hätten. In diesen Urkunden kommt ein besonders wertvoller Charakterzug des Heiligen zum Vorschein: seine Dankbarkeit.
Bei seinem römischen Aufenthalt im Winter 1220/21 gilt die größte Sorge dem Abschluß des Reformvorhabens bezüglich der Ordensfrauen Roms. Der Neubau des Klosters nähert sich der Vollendung. Die Brüder wohnen schon einige Zeit in einem räumlich getrennten Gebäude. Es entsteht hier ein Doppelkloster wie in Prouille. Da die Schwestern in strenger Klausur leben sollen, müssen die Brüder die materielle Verwaltung der Güter und die Seelsorge übernehmen. Dominikus verfaßt eine eigene Regel für dieses Kloster. Sie besteht aus einer Kompilation der Regel von Sempringham, der Zisterzienserinnenstatuten und anderen Satzungen und ist unter dem Namen «Regel von St. Sixtus» bekannt. Nachdem San Sisto die Satzungen des Predigerordens übernommen hat, besteht die Regel von St. Sixtus im Orden der «Büßerinnen der hl. Maria Magdalena», der besonders in Deutschland Fuß

faßt, weiter. Am 28. Februar 1221 überführt Dominikus die fünf Schwestern von Santa Maria in Tempulo, einige von Santa Bibbiana und aus anderen Klöstern in den Neubau und richtet die Klausur ein. Die Kardinalskommission, die ihm bei seinen Bemühungen um das Reformvorhaben zur Seite stand – unter den drei Kardinälen befindet sich Kardinal Hugolin –, ist ebenfalls anwesend. In der Nacht überträgt Dominikus das alte Muttergottesbild von Santa Maria in Tempulo (wahrscheinlich die älteste erhalten gebliebene byzantinische Ikone) nach San Sisto. Im April bringt sein Freund, Bischof Fulco, einige Schwestern von Prouille zu ihm nach Rom. Die Schwestern sollen der zusammengewürfelten Gemeinschaft von San Sisto festen Halt geben und sie in das Ordensleben einführen. Es ist Dominikus zwar nicht gelungen, alle römischen Frauenklöster zu reformieren (wer wäre dazu schon imstande!); aber die Ausstrahlung des Reformklosters von San Sisto war so stark, daß im Rom des 13. Jahrhunderts nach seinem Vorbild neue Frauenklöster entstanden und die alten sich im Stil von San Sisto erneuern ließen. Sein Reformwerk war also für die Zukunft maßgebend geworden. Für seine Brüder bekommt er vom Papst die altchristliche Basilika Santa Sabina auf dem Aventin zugewiesen, die der Familienburg der Savelli, deren Geschlecht Honorius III. entstammt, inkorporiert war.

Ein letztes Mal verläßt Dominikus die Ewige Stadt. Im Mai findet in Bologna das zweite Generalkapitel des Ordens statt. Während das erste vor allem ein Verfassungskapitel war, beschäftigt sich das zweite in erster Linie mit der Organisation und der Ausbreitung des Ordens. Seit der Aussendung der Brüder von Toulouse sind erst vier Jahre vergangen. Trotzdem bestehen nun schon an die fünfundzwanzig Konvente in verschiedenen Ländern. Weitere Brüder warten in Bologna auf die Aussendung in ihre Heimatländer England, Skandinavien, Polen und Ungarn. Dominikus hat seine Sehnsucht, die Kumanen zu bekehren, nie verloren. Jetzt sind es seine Brüder, die mit dem Auftrag nach Ungarn gehen, zu diesem Nomadenvolk vorzudringen und ihm Christus zu predigen. Eine andere Gruppe sollte ins Zentrum der dualistischen Häresie, zu den Bogomilen in Bosnien, vorstoßen, von wo aus immer wieder neue Sendboten dieser Irrlehre in den Westen eindrangen. Den skandinavischen Brüdern oblag es, die Missionierung der heidnischen Völker Osteuropas im Auge zu behalten. Um die administrative und apostolische Arbeit zu erleichtern, unterteilt das Kapitel den Orden in territoriale Einheiten, die sogenannten Provinzen. Es werden selbst Provinzen für Gebiete eingerichtet, in denen der Orden bis dahin nur einen einzigen oder überhaupt noch keinen Konvent aufzuweisen hat. Wir bewundern diesen vorausschauenden Optimismus der Brüder, einen Optimismus allerdings, der echter Hoffnung entspringt. – Nach dem Generalkapitel setzt Dominikus seine anstrengende Mission in Oberitalien vom vorigen Jahr fort. Krank und erschöpft, schleppt er sich in der größten Hitze nach Bologna, wo er Ende Juli ankommt. Er hat nicht einmal eine eigene Zelle und einen zweiten Habit. Dort stirbt er am 6. August 1221 (29, 58–60).

An seinem Begräbnis nahm der in Bologna weilende päpstliche Legat, Kardinal Hugolin, mit seinem Gefolge von Bischöfen und Äbten teil (64). Daß Hugolin selbst als Hauptzelebrant die Bestattungszeremonien leitete, sollte nicht den Pomp der Feier erhöhen, sondern seine enge Freundschaft mit Dominikus zum Ausdruck bringen, die aus ihrer vertrauensvollen Zusammenarbeit in den Anliegen der damaligen Kirche erwachsen war. Hugolin ist es auch, der als Papst Gregor IX. ihn am 3. Juli 1234 in Rieti heiligspricht.

II DAS RINGEN UM DIE APOSTOLISCHE LEBENSFORM

1. Der Quellort der Spiritualität des hl. Dominikus

Der äußere Lebenslauf eines Heiligen und Ordensstifters sagt uns sehr wenig über sein inneres Wachsen im Geiste, davon nämlich, wie er sein Dasein aus dem Wort Gottes deutete und wie er es, einmal von ihm getroffen, in die Tat umsetzte, mit einem Wort: von seiner Spiritualität. Aber das Wort Gottes fällt im Menschen nicht auf einen jungfräulichen Boden, sondern findet natürliche Veranlagungen und ein ererbtes Temperament vor. Die Texte im ersten Teil sprechen hierüber so anschaulich, daß wir sie nicht verwässern dürfen (1–67). Diese deutlich zutage tretende Charakteranlage des Menschen Dominikus wird durch den Anspruch und das Wort Gottes zu ständig neuen Verhaltensweisen und Antworten herausgefordert, die er Gott zuallererst in seinem Gebet und seiner Kontemplation gibt. Deshalb sind auch die Texte über sein Gebetsleben und seine kontemplative Haltung im zweiten Abschnitt so zahlreich und überzeugend, daß der Leser sich selbst ein Bild von Dominikus als beschaulichem Menschen machen kann (68–101). Von diesen Texten beeinflußt, malte Fra Angelico in den Zellen von San Marco zu Florenz den Heiligen stets in meditativer Stellung, wie er seinen Blick unablässig auf Christus und seine Heilsgeheimnisse gerichtet hält.
Sein natürliches Einfühlungsvermögen und sein Mitleiden

befähigen Dominikus nicht nur zu tieferen Glaubenserfahrungen in Gebet und Meditation, sondern wecken in ihm auch das Verantwortungsbewußtsein für die Kirche und die Welt seiner Zeit. Es bestätigt sich an ihm eine alte Erfahrung der Kirchengeschichte: Erreicht die Kontemplation eines Menschen einen bestimmten Grad, fühlt er sich gedrängt, die Spannungen und Bestrebungen seiner Zeit mitzuempfinden und ihre Nöte und Krankheiten aus der kontemplativen Schau heraus anzupacken. Wir stellen das bei Bernhard von Clairvaux oder bei Teresa von Avila fest, die ihre Mönche und Nonnen häufig in der Abgeschiedenheit zurücklassen, selber aber unermüdlich tätig sind, ohne daß die Kontemplation darunter leidet. Im Gegenteil, wir haben sogar den Eindruck, daß das beschauliche Leben dieser Menschen sich nun gerade aus der Auseinandersetzung mit den harten und leidvollen menschlichen Situationen nährt und diese sich somit zum Ort der Begegnung mit Gott wandeln, an dem neue Erfahrungen mit der Botschaft Jesu gemacht werden. Es sind Erfahrungen religiöser Natur, auch wenn sie aus einem ganz bestimmten kulturellen, wirtschaftlichen und sozialen Milieu erwachsen und sowohl von ihm wie vom Menschenbild ihrer Zeit gefärbt sind.

Nicht nur die konkreten Notsituationen von Kirche und Welt veranlassen Dominikus zum Handeln, ihn drängt auch die Verantwortung seinen Gnadengaben gegenüber, die ihm anvertraut worden sind. Obwohl wir von diesen Charismen des hl. Dominikus wissen, sind sie uns dennoch weniger greifbar als sein Wirken nach außen und sein Orden, den er stiftete. Er hinterließ keine Theorie des geistlichen Lebens, die es uns gestatten würde, seine Spiritualität zu studieren, in ein System einzuordnen und auf klare Begriffe zu bringen. In einer Zeit der Computer und der Systematisierung sind wir

der Gefahr ausgesetzt, auch in der Spiritualität nach einem System klarer Begriffe zu suchen und dabei den Menschen zu vergessen. Um das von Dominikus gelebte Christentum aufzuspüren, bleibt uns nur sein Werk und seine Tätigkeit in der Welt. Beides kennen wir geschichtlich sehr gut; in beiden schenkte er der ganzen Kirche neue spirituelle Impulse, die wahrscheinlich mehr zu ihrer inneren Auferbauung beitrugen als theoretische Abhandlungen über das geistliche Leben.
Wie jeder Christ, jeder Heilige und Charismatiker ist Dominikus vom geistigen Klima seiner Zeit geprägt, ohne das wir ihn und seine Geistesart, sein Handeln und seine Lebensform nicht verstehen können. Dieses Klima ist von der Idee der «apostolischen Lebensweise» oder der «Nachfolge der Apostel» bestimmt. Papst Gregor IX. erklärt von Dominikus: «Ich habe ihn gekannt als einen Mann, der gänzlich die Lebensweise der Apostel nachahmte.» Hier liegt der Schlüssel zur spirituellen Persönlichkeit des Dominikus und zum Verständnis seines Werkes.

2. Die Vieldeutigkeit der «apostolischen Lebensweise»

Die religiöse Gedankenwelt am Ende des 12. und zu Beginn des 13. Jahrhunderts wird beherrscht von der Idee des «apostolischen Lebens» oder der «Nachfolge der Apostel». Diese Vorstellung ist zwar nicht neu, aber nun hält sie ganze Volksmassen in Atem. In der geschichtlichen Entfaltung durchschreitet sie verschiedene Phasen, was dazu führt, daß sie nicht eindeutig, sondern vieldeutig und sogar umstritten wird.
Seit Jahrhunderten beanspruchten die Mönche diese Lebensart für sich. Wie die ersten Christen beharrten sie in der Leh-

re der Apostel, in der Gemeinschaft, im Brotbrechen und im Gebet (Apg 2,42). Sie waren ein Herz und eine Seele, und keiner nannte etwas von seiner Habe sein Eigentum (Apg 4,32). Getreu dem Beispiel des Apostels Paulus verdienten sie sich das Brot mit der Arbeit ihrer Hände. Im 11. Jahrhundert erwachsen den Mönchen Konkurrenten in den regulierten Chorherren oder Kanonikern, wie sie genannt werden. Papst Gregor VII., ja eigentlich schon seine Vorgänger, organisieren Kräfte des Widerstands gegen den simonistischen (Käuflichkeit der Sakramente) und sittlich verkommenen Klerus. Das Arsenal an Reformideen und Schlagworten liefert dieser Bewegung Petrus Damiani († 1072): die Rückkehr zur Urkirche, ein Leben nach dem Evangelium und dem Vorbild der Apostel, das die Armut einbezog, sollten für den Klerus und vor allem für die Kanoniker zur Norm des Lebens und zur Quelle der Frömmigkeit werden. Die Chorherren entdecken das Ideal des gemeinsamen Lebens in Armut nach der Regel des hl. Augustinus. Ein anderes Element kommt noch hinzu: Verkündigung. Wie die Jünger Christi sind auch die Nachfolger der Apostel ausgesandt, das Evangelium zu predigen. Es entsteht ein Streit zwischen den Mönchen und Chorherren, wer von ihnen das echte apostolische Leben führt, während der gemeinsame Kampf gegen den Weltklerus, der zwar predigt und Sakramente spendet, die sittliche Haltung der Apostel aber nicht vorweisen kann, sie verbindet. Die Nachfolge der Apostel geschieht durch Wort und Beispiel (verbo et exemplo) und fordert dementsprechend ein Leben nach dem Wort, das verkündet wird.

«Verbo et exemplo» wird jetzt fast zum Schlachtruf und wirkt wie ein Zündstoff. Die Kreuzfahrer brachten aus dem Heiligen Land neben den angeblichen Reliquien des Leidens Christi auch eine vertiefte Andacht zum menschgewordenen

Heiland und ein anschauliches Bild vom armen Predigerleben Jesu mit, das breite Schichten des Volkes in Bann schlug. Die neue Frömmigkeitshaltung stand im Widerspruch zum Reichtum der großen Abteien mit ihren ausgedehnten Ländereien, der Chorherrenstifte mit ihren gut dotierten Einkünften und zum Lebensstil des Weltklerus, der von seinen Brotgebern, den Feudalherren, abhängig war. Die Geldwirtschaft, der Handel und erste Ansätze der Industrialisierung trugen dazu bei, daß – hauptsächlich in den Städten – die Reichen immer reicher, die Armen immer ärmer und verschuldeter wurden. Zahllose Christen machten sich den Ruf nach einem beispielhaften Vorbild (exemplum) zu eigen. In ihren Augen ist dieses Vorbild am deutlichsten an der Nachfolge des armen und leidenden Christus und seiner Apostel abzulesen. Die freiwillige Armut wird zum Programm einiger Wanderprediger, welche weite Kreise der Bevölkerung ansprechen. Somit gesellt sich zum «Wort und Beispiel» ein neues Kennzeichen des apostolischen Lebens: Umherziehen, Unterwegssein, wie das Christus und die Apostel taten. Das Wort, das die Wanderprediger verkünden, ist oft ein Wort der Kritik an der kirchlichen Obrigkeit oder gar ein Aufruf zum Widerstand gegen die simonistisch und unsittlich lebenden Kleriker, was zu scharfen Konflikten mit der Hierarchie führt.

Es sind begeisterungsfähige Menschen, die diese Lebensform auf sich nehmen: Robert von Arbrissel († 1116) in Westfrankreich, Norbert von Xanten († 1134) im Norden Frankreichs und Deutschlands, Fulco von Neuilly († 1201) in der Gegend von Paris und andere mehr. Bei ihnen geht der Wanderpredigt eine Periode des eremitischen Lebens voraus, ähnlich wie bald danach bei Franz von Assisi, der sich 1206–09 in die Einsamkeit zurückzieht, bevor er seine Wanderpredigt aufnimmt. Mit der Zeit werden diese Wanderprediger «seßhaft» und gründen für ihre Anhänger, Männer und Frauen, Klöster oder religiöse Orden. Anderen Wanderpredigern wird ihr einseitiges Verständnis der apostolischen Nachfolge zum Verhängnis. Sie sehen deren Vollkommenheit zu ausschließlich in der freiwilligen Armut und im Umherziehen. Daraus leiten sie die Berechtigung für das Predigtamt und manchmal sogar für die Sakramentenspendung ab. Sie glauben deshalb, keine kirchliche Sendung («missio») mehr zu benötigen. Zu ihnen zählt zum Beispiel Tanchelm († 1115), der bei den Leuten in Flandern große Erfolge buchen kann, Peter von Bruys († 1126) in Frankreich und Heinrich «von Lausanne» († nach 1145). Sie brechen mit der offiziellen Kirche, die ihnen die «missio», den Auftrag zum Predigen, verweigert. Am bekanntesten unter ihnen ist Waldes, ein reicher Kaufmann aus Lyon, der um 1175 auftritt. Er mahnt das Volk zur apostolischen Nachfolge in Armut, lebt von Almosen, geißelt die Sünden des Klerus und fordert die Rückkehr zur Urkirche. Als ihm die Glaubenspredigt verboten wird, setzt er sich darüber hinweg und wird zum Schismatiker. Die Wege dieser Art von Wanderpredigern kreuzen sich schließlich um die Wende vom 12. zum 13. Jahrhundert, vor allem in Südfrankreich und der Lombardei, mit denen anderer Wanderprediger und ihrer Gefolgschaft (darunter waren die Frauen stark vertreten), den sogenannten Katharern oder Albigensern. Ihre strenge Aszese manichäischer Prägung, die jede Berührung mit «Fleisch» und «Welt» ablehnt – sie erblicken darin den Bereich der satanischen Macht –, ihr Wanderleben und ihre Amut machen einen tiefen Eindruck auf das Volk. Eine ausgezeichnete Organisation mit den sogenannten «Vollkommenen» an der Spitze und die Unterstützung der Feudalherren verhilft der

Sekte zur raschen Ausbreitung. Für die Masse der Gläubigen war nicht die dualistische Spekulation der Katharer von einem guten und bösen Gott ausschlaggebend, vielmehr wurden die Gemüter von ihrer ernsten sittlichen und religiösen Haltung gefangengenommen.

Diese Feststellung beschränkt sich nicht allein auf die Wende vom 12. zum 13. Jahrhundert. Ähnliche Beobachtungen kann der Historiker auch in anderen Epochen machen. Zur Zeit von Dominikus bleibt Schriftkultur und höhere Bildung dem Klerus vorbehalten, den Laien ist sie praktisch unzugänglich; die Laien fühlen sich jedoch in dem Maße von religiösen Vorstellungen und Werten angesprochen, als hinter dem verkündeten Wort das Leben des Künders steht. Die große Achtung und Bewunderung gewinnen die Wanderprediger bei den Volksmassen durch ihre oft mit dem Bettel verbundene Armut und ihr unstetes Unterwegssein. Die Leute sehen darin die Beglaubigung der apostolischen Nachfolge (Lk 9,1–6), auf welche sich die Prediger berufen, und einen Gradmesser der sittlichen Vollkommenheit. Es ist sicher nicht das erste Mal in der Kirchengeschichte, daß einige Sätze der Bibel überbetont und andere abgeschwächt werden, so daß der Eindruck entsteht, es gäbe nur einen einzigen Zugang zum Reich Gottes. Meist sind es große Idealisten und Eiferer, die sich in Krisenzeiten der Kirche oder der Orden zu dieser Ausschließlichkeit verleiten lassen. Aber die einseitige Betonung einiger Ideale führt wegen der Überforderung der physischen oder moralischen Grenzen der Menschen zu Spannungen und trägt mangels Rücksicht auf die persönlichen Gnadengaben des einzelnen bereits Spaltungskeime in sich.

Im Unterschied zu unserer Mentalität, für welche Armut ein sozial-ökonomisches Problem darstellt, war für die Anhänger der Armutsbewegung die Armut ein religiöses, theologisches und sogar endzeitliches Anliegen, wie M. Mollat in seinen Forschungen nachgewiesen hat. Die Armut galt als Weg des Heiles; alle tatsächlich oder freiwillig Armen, aber auch Kranke, Witwen und Waisen befanden sich auf diesem Weg. Sie waren darin Christus ähnlich, besonders wenn sie deswegen Verfolgung, Verachtung und Ablehnung ertragen mußten. Im Licht der Heilsgeschichte und der Erlösung durch Jesus Christus gehören die irdischen Güter den Menschen nicht; sie sind ihnen lediglich zum Gebrauch geliehen und zur Verfügung gestellt. Almosen zu geben ist daher die Pflicht der Reichen, sie zu verlangen das Recht der Armen. Der Reiche gibt nur zurück, was ihm anvertraut wurde, und leistet durch Almosengeben Sühne für seine Sünden. Die Wanderprediger verbreiten diese Auffassung unter dem Volk, welches sie gierig aufnimmt, aber auch den Widerspruch zum tatsächlichen Leben, besonders des Klerus, beobachtet. Es bleibt nicht bloß beim Reden über Armut als Mittel der Glaubensverkündigung. Die Einheit von Wort und Tat, von Predigt der Armut und Leben in Armut und unter den Armen wird zum eigenständigen Ziel. Natürlich konnte nur eine Elite dieses hohe Ideal verwirklichen. Somit lief man Gefahr, die Gläubigen – weniger theoretisch als praktisch – in zwei Kategorien aufzuteilen, wie das bei den Katharern der Fall war, in «Vollkommene» und «Mitläufer», das heißt Gläubige zweiter Klasse.

3. In der Sackgasse

Das religiöse Klima zur Zeit des hl. Dominikus war also recht erhitzt. Die Bischöfe standen den Armutsbewegungen ratlos und machtlos gegenüber. Die mangelhafte Seelsorge, die sich überwiegend auf die Verwaltung der Sakramente beschränkte und die Glaubenspredigt vernachlässigte, die Unwissenheit des Klerus, sein wenig beispielhaftes Leben und die feudalen Verhältnisse in den Abteien und Stiften mit ihren großen Besitzungen (welche wichtige Aufgaben wahrnahmen) waren nicht imstande, sich damit auseinanderzusetzen. Die katholischen Wanderprediger schlossen nach einer mehr oder weniger langen Predigttätigkeit ihre Anhänger, Männer und Frauen, in Klöster ein, wodurch sie sie gleichzeitig von dem ausschlossen, was sie selber praktiziert hatten. So wurde das Feld weitgehend den häretischen und schismatischen Wanderpredigern überlassen. Die Ordensgründer des 11. und 12. Jahrhunderts, meist ehemalige Wanderprediger, wählten die traditionelle Form des religiösen Lebens, um einer ganzen Reihe von Konflikten auszuweichen, die ihnen unlösbar erschienen. Sie wollten von vornherein vielen Widerständen aus dem Weg gehen, die sie am eigenen Leib erfahren hatten und die sie ihren Anhängern nicht zumuten konnten. Zwar fühlten sie sich zur Kritik an den Mißständen in der damaligen Kirche, bei der Hierarchie und dem Klerus, berechtigt. Aber es schwebte dann ständig der Entzug des Predigtauftrags seitens der Hierarchie als Damoklesschwert über ihnen (z. B. bei Robert von Arbrissel). Überdies erschien ihnen die überlieferte Form des Klosterlebens auch am geeignetsten, um den wirklichen oder vermuteten Mißbräuchen des Wanderlebens unter dem bunten Gemisch ihrer Gefolgschaft zu begegnen.

Es gab eine weitere Schwierigkeit für sie, die Spannungen verursachte. Das apostolische Leben und die Wanderpredigt setzte Besitzlosigkeit voraus. Sollten sie nun von der Arbeit ihrer Hände oder vom Bettel leben? Falls sie Priester waren und vom Bettel leben wollten, stand ihnen ein kanonisches

Hindernis im Wege. Das Kirchenrecht untersagte Priestern das Betteln, um den wirklich Armen nicht das Brot wegzunehmen. Wollten sie aber von der Arbeit ihrer Hände leben, hatten sie keine Zeit mehr zum Predigen und Umherziehen. Die Anhänger der Wanderprediger waren zum größten Teil Laien, denen die Glaubenspredigt verboten war. Doch wo lag die Trennungslinie zwischen der Verkündigung des Glaubens und einer Ermahnung zur Buße oder einer Geißelung der Laster? Die katholischen Wanderprediger besaßen gewöhnlich keine große theologische Bildung, den Laien in ihren Reihen fehlte sie überhaupt. Wann und wo konnte man diesem Mangel abhelfen, um den häretischen Wanderpredigern nach Möglichkeit mit einer gründlichen Kenntnis der Heiligen Schrift entgegenzutreten? Mit der Gründung von Klöstern gerieten die Wanderprediger in das starre Räderwerk der kanonischen Vorschriften, die nur drei Formen des Ordenslebens kannten, die mönchische, die kanonikale und die eremitische Form. Alle drei beruhten auf einer seßhaften Lebensweise. Damit war jedes Umherziehen und Predigen unvereinbar. Genauso mußte auch die Bettelarmut aufgegeben werden, weil dem feudalistischen Denken der Zeit eine Gemeinschaft ohne festen Grundbesitz unvorstellbar blieb. Andererseits drohte dann eine Predigt in Armut, wie sie das apostolische Leben mit seinem Ungesichertsein verlangte, unglaubwürdig zu werden. Getreu der althergebrachten Übung gründeten die ehemaligen Wanderprediger ihre Klöster wiederum an abgelegenen Orten, abseits des pulsierenden Lebens ihrer Zeit; die Städte überließ man weiter den häretischen und schismatischen Wanderpredigern.
Infolgedessen sah sich die «apostolische Lebensweise», die Frucht der Reformbewegungen der vorausgehenden Jahrhunderte, der Mittel und Waffen beraubt, die ihr diese Re-

formbewegungen zur Verfügung gestellt hatten. Die institutionalisierten Strukturen erwiesen sich stärker als die Begeisterung einiger weniger charismatisch Begabter. Auseinanderstrebende Kräfte in Gesellschaft und Kirche bemächtigten sich der genannten Hilfsmittel und wandten sie gegen die Kirche an, weil sie sich um bewährte Formen und Strukturen nicht zu kümmern brauchten. Es wäre aber falsch, zu behaupten, die ganze Hierarchie habe mit Unverständnis auf die häretischen Strömungen jener Zeit reagiert. Es gab einzelne Prälaten, Regionalkonzilien und Päpste, die die Lage richtig einschätzten und sich um Abhilfe bemühten. Unter ihnen ragt besonders Papst Innozenz III. hervor, mit dem Dominikus in der ersten Phase der Gründung seines Ordens zu tun hatte.

4. Das Eingreifen Innozenz' III.

Innozenz III. (1198–1216), ein Mann auf dem Gipfel päpstlicher Machtentfaltung, brachte den religiösen Bewegungen seiner Zeit Verständnis entgegen. Die Reform der ganzen Kirche lag ihm ehrlich am Herzen. Er sah in der damaligen Armutsbewegung eine Möglichkeit zur kirchlichen Erneuerung und in der Einbeziehung dieser Bewegung in die Kirche ein Mittel zur Bewahrung ihrer Einheit. Zudem wurde der Papst auch persönlich vom Geist der Bewegung ergriffen.

Im Februar 1207, gerade als die neue Predigtweise im Languedoc in vollem Gange war, legte er die kostbaren Purpurkleider und Pelze mit ihren goldenen und silbernen Verbrämungen, die noch an den Prunk der byzantinischen Kaiser erinnerten, ab und zog ein «religiöses» Gewand an, das heißt ein gewöhnliches Wollkleid mit Schafpelz. Seitdem bleibt die weiße Farbe der Kleidung ein Merkmal der römischen Bischöfe. Es ist nicht ausgeschlossen, daß der Schritt des Papstes vom Bericht seiner Legaten in Südfrankreich beeinflußt wurde, in dem sie die neue Predigtweise beschrieben und ihn um deren Genehmigung ersucht hatten. In der Ernennungsbulle für Arnold, den Abt von Cîteaux, vom 31. Mai 1204 trug Innozenz III. diesem noch auf, mit Hilfe der weltlichen Obrigkeit gegen die Häretiker vorzugehen und sie durch Ausweisung, Exkommunikation und Einzug ihres Vermögens zu bestrafen. Hingegen genehmigt er in seiner Antwort auf den erwähnten Bericht der Legaten vom 17. November 1206 das neue friedliche Vorgehen gegen die Irrlehrer und erteilt seinen Gesandten ganz anders klingende Ratschläge. Er empfiehlt ihnen, erprobte Männer auszusuchen, die den Armen die Armut Christi vorleben und keine Angst davor haben, in verächtlicher Kleidung, aber glühenden Geistes, zu den Verachteten zu gehen. Sie sollen sich zu den Häretikern begeben und sie durch beispielhaftes Wirken und Reden von ihrem Irrtum abwenden (123). Jedenfalls gibt die zeitliche Reihenfolge der Vorgänge zu denken.

Die äußere Geste des Kleiderwechsels entsprach bei Innozenz III. einer tiefen inneren Überzeugung, die sich in seiner Schrift «Vom Elend des Menschseins» kundtut. Der Papst hatte den Mut, in den religiösen Laienbewegungen seiner Zeit nicht nur eine Gefahr, sondern ebensosehr einen Beitrag zum Aufbau der Kirche zu sehen. Ihn versuchte er aufzufangen. Im Jahre 1201 gelang es ihm, einen großen Teil der Humiliaten in der Lombardei für die Kirche zurückzugewinnen und aus den verheirateten und unverheirateten Männern und Frauen einen neuen Orden zu formen. Als Durandus von Huesca, ein Waldenserführer, sich 1207 nach der Disputation von Pamiers, an der Bischof Diego und Dominikus beteiligt waren, von der Sekte lossagte, söhnte Innozenz III. ihn und seine Anhänger wieder mit der Kirche aus. Er gab den bekehrten Waldensern eine angemessene Organisation, so daß daraus der Orden der «Katholischen Armen» entstand. Bald danach erfolgte die Versöhnung mit Bernhard Prim und seinen Gefolgsleuten, einer anderen waldensischen Abspaltung, unter dem Namen «Lombardische Arme». Zur gleichen Zeit bringt der Papst Franz von Assisi und seinen ersten Gefährten größtes Wohlwollen entgegen.

Doch ungeachtet seiner Großzügigkeit hatte Innonzenz III. mit den neuen Ordensgemeinschaften wenig Glück. Die Ursachen des Mißerfolgs lagen sicher zuerst in diesen Orden selbst. Sie hingen zu stark an ihren alten Gebräuchen und ließen nicht davon ab, die Bischöfe weiter durch Kritik und Vorwürfe herauszufordern. Andererseits blieb die Hierarchie ihnen gegenüber mißtrauisch, weil sie aus den Reihen der Schismatiker kamen und als Laien predigten. Trotz der Unterstützung des Papstes, trotz seinen Empfehlungsbullen und Mahnungen an den Episkopat konnten sich die zwei letztgenannten Orden nicht durchsetzen. Erstaunlich ist vor allem der rasche Niedergang der Katholischen Armen, nachdem der Orden zunächst in kürzester Frist eine ungewöhnliche Ausbreitung in Italien, Frankreich und Spanien erfahren hatte. Den meisten Bischöfen fehlte die Großherzigkeit und Geduld Innozenz' III. Dominikus mußte die schleichende Auflösung der Katholischen Armen und die Nöte des ihm bekannten Durandus von Huesca noch aus der Nähe erleben, bevor er an seine eigene Ordensgründung heranging. Das war für ihn und sein Werk sicher eine schwere Belastung. Der 13. Kanon des bevorstehenden Laterankonzils, der alle Neugründungen religiöser Orden verbot, lag schon in der Luft.

III DIE «APOSTOLISCHE LEBENSFORM» DES DOMINIKUS

1. Das Wagnis der Neugründung

Es war ein großes Wagnis, unter den geschilderten Umständen jener Zeit an die Gründung eines neuen Ordens zu denken, der äußerlich stark an die gescheiterten Ordensgemeinschaften erinnerte. Genügte die Geistesschärfe und das kluge Urteilsvermögen des Dominikus, seine charismatische Begabung und seine Fähigkeit, Freunde zu gewinnen, um alle Klippen zu umschiffen? Daß Dominikus es überhaupt gewagt hat, ist seinem Glaubensmut zuzuschreiben. Am Anfang war ihm das, was sein Orden verwirklichen sollte, erst in den wesentlichen Grundzügen klar. In der Folge mußte er lernen, Niederlagen einzustecken, Kompromisse zu schließen, sich an konkreten Situationen neu zu orientieren, den unvorhersehbaren Eingebungen des Geistes zu gehorchen, bis sein Werk, der erste apostolische Orden, endgültig heranreifen konnte. Es ist spannend zu verfolgen, wie Dominikus seine Hauptideen trotz großer Schwierigkeiten in verschiedenen Etappen in die Tat umsetzte. Eine dieser Hauptideen, den Gedanken der «apostolischen Lebensweise», hat er nicht erfunden, sondern vorgefunden. Er übernahm sie und lebte sie auf seine Weise. Ungezählte Menschen, die sich damals für sie begeistern ließen, setzten die Akzente jeweils verschieden. Die meisten Versuche, die «apostolische Lebensform» zu verwirklichen, versandeten genauso wie zahlreiche Ordens- und

Klostergründungen, welche im 12. und beginnenden 13. Jahrhundert überhandnahmen.

Dominikus setzte seine eigenen Akzente, ganz anders als zum Beispiel sein Zeitgenosse Franz von Assisi. Auch wenn die Grundelemente der «apostolischen Lebensweise» bei allen die gleichen waren: Predigt, verbunden mit Umherziehen, Bettelarmut, bei einigen zusätzlich Studium der Schrift und Gemeinschaftsleben – das Problem lag in der Harmonisierung dieser Bestandteile. Darin hat Dominikus nicht locker gelassen und sich langsam vorangetastet. Wie ist es ihm letztendlich geglückt, die verschiedenartigen Elemente, die sowohl durch unterschiedliche Traditionen aus der Vergangenheit als auch durch die Ereignisse in seiner Epoche belastet waren, in Einklang zu bringen? Wir stellen bei Dominikus über die Jahre hin eine deutliche Entwicklung fest; die zwei wichtigsten Stufen darin sind die Ausformung des Ordens im Rahmen einer Diözese und die Umwandlung des Diözesanordens in einen Universalorden.

2. Vom Diözesanorden zum Weltorden

Den ersten Versuch, einige, lange Zeit als unvereinbar empfundene Bausteine miteinander ins Gleichgewicht zu bringen, können wir der Urkunde Fulcos von Toulouse vom Juni oder Juli 1215 entnehmen, mit welcher der Bischof die Lebensweise des Dominikus und seiner Brüder bestätigt (127). Sie erhalten von ihm den Auftrag, in seiner Diözese zu predigen. Da sie Priester sind, sollen sie die Glaubenswahrheiten (regulam fidei) verkünden. Damit unterscheiden sie sich bereits von den häretischen und schismatischen Wanderpredigern, aber ebenso von den «Katholischen Armen», den «Katholischen Lombarden» und der Bruderschaft des Franz von Assisi; als Verbände, die vorwiegend aus Laien bestanden, durften diese nur Bußpredigten halten und ihre Hörer zur sittlichen Lebensführung ermahnen. Das gilt auch für die Prediger von Toulouse, die neben der Glaubensverkündigung dazu bestellt sind, die Häresie auszurotten und die Menschen zum rechten sittlichen Leben anzuhalten. Die Bekämpfung der Irrlehre steht obenan, weil sie zeitlich gesehen den Entstehungsgrund des neuen Ordens ausmacht. Die Art der Verkündigung allerdings ist für Priester neu. Selbst wenn einzelne Priester diese Art mitunter praktizierten, gab es keinen Priesterorden, der sie als solche pflegte. Die Verkündigung geschieht nicht in einer Kirche – die Brüder von Toulouse besaßen nämlich keine Kirche. Sie ist keine ortsgebundene Seelsorge (cura animarum), sie kümmert sich um das Heil der Menschen insgesamt (salus animarum) und muß deshalb überall dort ausgeübt werden, wo Menschen in Glaubensnot, in moralischer Not oder in religiöser Unwissenheit befangen sind. Folglich müssen die Prediger sich auf den Weg machen, um die in Not geratenen Menschen zu erreichen, und nicht warten, bis diese zu ihnen kommen. Die Urkunde drückt das mit zwei Worten aus: «religiose incedere», das heißt als Ordensleute und in Gemeinschaft – zu zwei und zwei – umherziehen. Während Mönche, Kanoniker und Einsiedler Ordensleute waren, die religiös lebten (religiose viventes), das heißt nach einer Regel und für gewöhnlich in Gemeinschaft, sollen die Brüder von Dominikus darüber hinaus ein Ordensleben auf dem Wege führen und beweglich bleiben. Das schloß den Verzicht auf Seßhaftigkeit und die entsprechende Geborgenheit in einer patriarchalen Gemeinschaft ein. Es bedeutete, an die Strapazen unterwegs und an die Unsicherheit der Unterkunft ausgeliefert zu sein.

In der Anfangszeit des Ordens beschränkte sich die Gemeinschaft des Dominikus auf zwei «Stützpunkte», Prouille und Toulouse. Beide Stützpunkte waren für die Prediger keine Klöster im damaligen Sinn. Weil die Liturgie ohne eine Kirche nicht gefeiert werden konnte, nahmen die Brüder in der nächstgelegenen Kirche an ihr teil. Wenn sie unterwegs waren, besuchten sie den Gottesdienst an dem Ort, wo sie sich gerade befanden. Da die Gemeinschaften nur eine geringe Zahl von Brüdern umfaßten und die Brüder oft zur Predigt unterwegs waren, kann man diese Stützpunkte mit den Hospizen der Katharer oder den «Schulen» der Waldenser vergleichen, in denen die Wortführer ausgebildet wurden und die Wanderprediger im Krankheitsfalle oder, wenn sie sich von ihren Strapazen erholen mußten, Unterkunft fanden; die ersten Franziskaner verzichteten überhaupt auf feste Unterkünfte und begnügten sich mit zufälligen Übernachtungsmöglichkeiten, selbst Einsiedeleien durften sie nicht als ihr Eigentum betrachten.

Das Programm des neuen Ordens, der in der Diözese Toulouse entstanden war, entsprach weithin den Anliegen Papst Innozenz' III., die er im Einberufungsbrief des IV. Laterankonzils vom 19. April 1213 darlegte. Als Hauptaufgaben des zukünftigen Konzils nannte der Papst neben der Rückgewinnung des Heiligen Landes die Reform der Gesamtkirche, die er folgendermaßen umschreibt: Laster ausmerzen, Tugenden einpflanzen, Fehler verbessern, die Sitten erneuern, Irrlehren ausmerzen, den Glauben stärken, Zwistigkeiten beilegen, den Frieden sichern, Unterdrückung beseitigen, die Freiheit beschützen. Es scheint, daß die Urkunde Fulcos vom Juni oder Juli 1215 für die Diözesanprediger unter Dominikus gewisse Wendungen aus dem päpstlichen Schreiben wörtlich übernimmt. Jedenfalls stimmen die Absichten des

Papstes und jene des Dominikus im religiösen Bereich überein. Im Verein mit Bischof Fulco hat Dominikus durch seinen Diözesanorden den 10. Kanon des Laterankonzils vorweggenommen. Dieser Kanon ordnet an, daß die Bischöfe in ihren Diözesen geeignete Männer mit der Verkündigung des Wortes Gottes beauftragen, weil sie selber in der Ausübung des Predigtamtes häufig verhindert sind oder es ihnen dazu gar am nötigen Wissen fehlt. Ein weiteres Ziel, das Dominikus bei seinen Brüdern anstrebte, nämlich eine solide theologische Ausbildung, findet im 11. Konzilskanon ein Echo. Er verpflichtet die Bischöfe und sogar die Vorsteher der Kollegiatskirchen, bezahlte Lehrer anzustellen, welche die Kleriker wenigstens in den Profanwissenschaften unterrichten. An den Metropolitankirchen hingegen, dem Sitz der Erzbischöfe, sollen ordentliche theologische Schulen errichtet werden.
Wenn Innozenz III. sich weigert, knapp vor dem Konzil den Orden des Dominikus zu bestätigen, liegt der Grund nicht in der mangelnden Zustimmung zu den Ideen, die der Orden verkörpert, im Gegenteil. Aber der Papst befürchtete, der neue Orden könnte, genauso wie die andern von ihm bestätigten Neugründungen, bei den Bischöfen auf Widerstand stoßen und daran zugrunde gehen. Sein Rat, eine längst approbierte Ordensregel anzunehmen, hätte an und für sich zum gleichen Ergebnis wie bei den katholischen Wanderpredigern führen müssen: zur Seßhaftigkeit, damit zur Aufgabe der Wanderpredigt und zur Annahme von Besitz. Zwar hatte Innozenz III. versprochen, nach der Übernahme einer alten Regel werde Dominikus von ihm alles übrige bestätigt erhalten. Aber was war damit gemeint? Durch die Wahl der Augustinusregel traten die Prediger von Toulouse der großen Familie der Augustinerchorherren bei. Die Regel selbst, die sehr allgemein gehalten ist, gefährdete die Absichten des Do-

minikus nicht im geringsten. Anders stand es mit den Gewohnheiten und Gebräuchen dieses Ordenszweiges, die eine kühne Neuerung nicht zuließen. Dominikus war jedoch nicht ein Mann, der sich leicht entmutigen ließ. Zunächst macht er Zugeständnisse, arbeitet aber gleichzeitig unverdrossen auf die Verwirklichung seines ursprünglichen Planes hin, der nach der Umwandlung seiner Gemeinschaft von einem Diözesanorden zu einem Weltorden ein neues Gesicht erhält.

3. Die Wanderpredigt (128–146)

Keinerlei Abstriche macht Dominikus an seiner Grundidee, der Predigt, und er setzt sich damit voll und ganz durch. In seinem Schreiben vom 21. Januar 1217 hatte Honorius III. den Brüdern von Dominikus offiziell den Titel «Prediger» gegeben. Kaum zwei Jahre nach dem Verbot des Konzils, neue Orden zu gründen, sprach der Papst ganz selbstverständlich vom «Predigerorden» (11. Februar 1218), wie wenn ein solcher Orden immer schon existiert hätte. Im Gleichklang mit der geographischen Ausbreitung des Ordens seit der Aussendung der Brüder im Sommer 1217 wird auch der Inhalt der Predigt erweitert. In der Diözese Toulouse war der Dienst am Wort durch Dominikus und seine Brüder in der Hauptsache auf die Auseinandersetzung mit der Häresie ausgerichtet, was für die beiden Niederlassungen Prouille und Toulouse weiterhin gültig bleibt. Die Brüder in Paris oder Bologna mußten sich stärker auf die klassische Predigtweise, wie sie in Universitätsstädten üblich war, einstellen. Gegenüber der Zurückweisung der Irrtümer tritt nun die Verkündigung der ganzen Glaubenswahrheit in den Vordergrund. Bald kommt auch die Evangelisation der Heiden hinzu, wie aus einer Bulle Honorius' III. an den Dänenkönig Waldemar II. vom 6. Mai 1221 zugunsten der Predigerbrüder hervorgeht. Am erstaunlichsten sind aber die Vollmachten, mit denen der Papst den Predigerorden überhäuft. Überlieferung, Kirchenrecht und Dogma wiesen das Hirtenamt den Bischöfen zu. Es bestand vor allem in der authentischen Verkündigung des Wortes Gottes, in verbindlichen Erklärungen zur Moral, in Ermahnungen und Strafvollmacht. Die Mitarbeiter bei der Verkündigung, welche sich die Bischöfe gemäß den Beschlüssen des IV. Laterankonzils auswählen sollten, waren natürlich ganz von ihnen abhängig. Nun wird diese tausendjährige Tradition und der 10. Kanon des Konzils durchbrochen. Der Papst vertraut die Verkündigung ohne Einschaltung der Bischöfe unmittelbar einer Ordensgemeinschaft als solcher an, die sie überdiözesan ausübt. Es vollzieht sich eine tiefgreifende Wandlung in den Bedingungen der Evangelisation (M.-H. Vicaire). Jetzt haben – neben den Bischöfen – auch die Konvente der Predigerbrüder das Recht, einzelne fähige Mitglieder mit der Predigt zu beauftragen. Diese sollen dem Ortsbischof, in dessen Diözese sie predigen wollen, ihre Aufwartung machen und ihn um Ratschläge bitten, mehr nicht. Wir wundern uns heute, daß ein Orden mit einer Aufgabe, die den Bischöfen vorbehalten war, sich durchsetzen konnte und von den Bischöfen und vom Klerus angenommen wurde, während beispielsweise die «Katholischen Armen» untergegangen sind. Woher rührte das? Einmal waren die Predigerbrüder Priester, wobei die Regel des hl. Augustinus die Neuheit des Ordens schützend verhüllte, zum anderen traten sie nicht als Konkurrenz der Bischöfe auf, sondern als ihre Mitarbeiter. Die meisten Bischöfe spürten ihr Unvermögen, dem Dienst am Wort Gottes zu genügen, oder erkannten die Unmöglichkeit, in ihrem

Klerus geeignete Männer für diesen Dienst zu finden. Deshalb waren ihnen die vom Papst geschickten Prediger willkommen, besonders weil sie die Verkündigungsaufgabe unentgeltlich übernahmen.

Als Ausweis und Beweis des päpstlichen Auftrages trugen die Brüder die sogenannten «Empfehlungsbullen» des Papstes bei sich. Mehr als dreißig Exemplare dieser Bullen sind bis heute über ganz Europa verstreut erhalten, von Sizilien bis Norddeutschland, von Spanien bis Polen (145). Im Unterschied zu Franz von Assisi, der noch in seinem Testament den Minderbrüdern verbot, sich Schutzbriefe von der römischen Kurie zu erbitten «weder für eine Kirche noch für irgendeine Niederlassung, weder unter dem Vorwand der Predigt noch wegen leiblicher Verfolgung», erforderte das besondere Ziel des Dominikanerordens Empfehlung und Unterstützung seitens des Bischofs von Rom. In seinen Empfehlungsschreiben umreißt Honorius III. von Mal zu Mal eindringlicher den besonderen Auftrag der Predigerbrüder, in freiwilliger Armut das Werk eines Künders des Evangeliums zu vollbringen, die Wahrheiten des Glaubens darzulegen und mit ganzer Hingabe die Frohbotschaft zu predigen. Er schärft den Bischöfen ein, wie nützlich, ja unbedingt notwendig das Predigtamt der Brüder für die Kirche ist. Die göttliche Vorsehung hat diesen Orden als neue Kraft gegen die ausufernde Bosheit in der Welt erweckt und ein Heilmittel für die Wunden der Kirche bereitet. Der ganze Erdkreis ist der Acker, auf dem die Predigerbrüder das Wort Gottes säen. Hinter solchen Worten steckte wahrhaftig kein leichtfertiger Schönredner, sondern ein Mann der Hoffnung, der an die Liebe Gottes zur Welt und zur Kirche glaubte. Denn der Predigerorden war zu jenem Zeitpunkt erst ein winziges Häuflein von Männern, von denen die meisten noch in der

Ausbildung standen. Angesichts ihrer unzureichenden Kräfte schreckte Honorius III. nicht einmal davor zurück, alle Rechtsnormen beiseite zu schieben und Dominikus beispielsweise sechs Mönche aus verschiedenen Klöstern beizugeben, die unter seiner Leitung eine große Mission in Norditalien predigen sollten. Mönche als Prediger auszusenden, war gegen die Tradition; sie darüber hinaus einem kaum bekannten Oberen einer noch ganz in den Anfängen stehenden Ordensgemeinschaft unterzuordnen, bedeutete eine unerhörte Neuheit (144).

Daß der neue Orden von der Hierarchie angenommen und die «Einmischung» in das Hirtenamt der Bischöfe ohne großen Widerstand hingenommen wurde, verdankte er sicher der vorbildlichen Lebensweise der Brüder. Offiziell nannten sie sich zwar Chorherren, was ein Zugeständnis war; doch statt als Herren aufzutreten, wie es bei den Kanonikern Sitte war, drängte Dominikus auf Bescheidenheit. Sie schloß zunächst das Gehen zu Fuß statt des Reitens zu Pferd ein. Er selbst war ein unermüdlicher Fußgänger (27, 139). Wenn wir bloß die Entfernungen überschlagen, die er seit der Gründung seines Ordens zurückgelegt hat, kommen wir auf den Durchschnitt von vierzig bis fünfzig Kilometer am Tag. Wäre der Wanderer damals nicht Gefahren ausgesetzt gewesen, die wir heute kaum mehr kennen, hätte man dem Wandern durch eine weitgehend unberührte Landschaft einen hohen Erlebniswert abgewinnen können. Das Beschwerlichste an dieser Lebensweise war aber das Übernachten in den Hospizen für arme Pilger, wo es von Flöhen, Läusen und Wanzen nur so wimmelte, so daß die Brüder oft kein Auge schließen konnten. Wir hören von jungen Brüdern, die sogar den Orden verlassen wollten, weil sie die Mühsal einer solchen Lebensweise nicht mehr ertragen konnten. Was für die

Mönche die Handarbeit war, waren in weit größerem Maße für die Predigerbrüder nunmehr die Anstrengungen und Widrigkeiten der Wanderpredigt. Das machte ihre Buße aus. Papst Honorius III. forderte sie mehrmals auf, dieses Büßerleben als Sühne auf sich zu nehmen und gewährte ihnen, um sie zu ermutigen, hierfür einen Ablaß. Obwohl die Brüder mit der Eingliederung in den kanonikalen Zweig des Ordenslebens und der Übernahme von Kirchen seßhafter wurden als die kleine Schar in der Periode des Diözesanordens, gaben sie die Wanderpredigt nicht auf. Dominikus wußte das Konventsleben und die Wanderpredigt so zu verbinden, daß kein Zwiespalt entstand und die Beheimatung im Kloster mit der Verpflichtung zum geregelten Gottesdienst sich nicht zum Nachteil der Beweglichkeit auswirkte.

4. Die Armut als Quelle der Beweglichkeit (147–159)

Der Motor für die Beweglichkeit der Brüder als Wanderprediger war in der Gemeinschaft des Dominikus die Armut. Hierin läßt sich eine eindeutige Entwicklungslinie vom Diözesanorden zum Universalorden aufzeigen. Die Diözesanprediger des Jahres 1215 sollen laut der Urkunde Fulcos in «evangelischer Armut» umherziehen, eine deutliche Anspielung auf die Armut der Jünger Christi bei ihrer Aussendung (Lk 10,1–20). Zu dieser Art der Armut gehörte es, zu Fuß und ohne Geld sich auf den Weg zu machen. Dominikus praktizierte diese apostolische Lebensweise seit dem Jahre 1206, also drei Jahre früher als Franz von Assisi. In den Jahren des «heiligen Predigtwerkes» ist er zumeist auf die Almosen angewiesen, die er erbettelt. Hilfe für seinen Lebensunterhalt bekommt er auch vom Frauenkloster in Prouille. 1215 mildert er die Armut in einem Punkt. In seinem Orden von Toulouse verzichtet er auf den Bettel und läßt sich von der Diözese eine materielle Unterstützung zuweisen. Der Bischof schenkt Dominikus und seinen Gefährten die Hälfte vom dritten Teil des Kirchenzehnten seiner Diözese, der für die Armen bestimmt war. Fulco begründet die Schenkung damit, daß es nur recht und billig sei, die Prediger, welche um Christi willen die evangelische Armut erwählt haben, materiell zu unterstützen, was übrigens mit der apostolischen Überlieferung übereinstimmt (1 Kor 9,1–14). Die Unterstützung bleibt aber auf das Notwendigste beschränkt, wobei eigens erwähnt wird, daß für die Prediger auch im Krankheitsfalle und in der Zeit der Erholung gesorgt ist. Sie ist außerdem zeitlich begrenzt; die Brüder sind nämlich verpflichtet, nach Ablauf eines Jahres den unverbrauchten Rest der Diözese zurückzuerstatten.

Hierin liegt ein gewaltiger Unterschied zu den alten Orden. Diese waren verpflichtet, aus ihrem Besitz den Armen zu helfen. Jetzt entsteht ein Orden auf der Basis der evangelischen Armut, dessen Mitglieder als Arme auf Unterstützung angewiesen waren. Sie waren darauf angewiesen, weil sie als Priester nicht betteln durften und zudem von ihrer Aufgabe so stark in Beschlag genommen wurden, daß sie sich den Lebensunterhalt nicht mit der Arbeit ihrer Hände verdienen konnten. Auch die Katholischen Armen kannten keine Handarbeit, während bei den Humiliaten und Lombarden gerade darauf großer Wert gelegt wurde. Ähnlich verlangte Franz von Assisi von seinen Brüdern, sich den Lebensunterhalt für gewöhnlich durch eigene Arbeit zu verdienen und nur ausnahmsweise von Almosen zu leben. Für Franziskus war die Armut in erster Linie notwendiger Bestandteil der Nachfolge des armen Christus, wozu Verachtung, Verfolgung und Demütigung gehörten, in zweiter Linie die Grundlage für eine glaubwürdige Bußpredigt und ein beispielhaftes Leben. Die tiefsten Wurzeln der evangelischen Armut liegen bei Dominikus im apostolischen Leben. Diese Lebensform verlangt vom Apostel Verzicht auf jede Art der Absicherung, was jedoch umgekehrt zur Quelle seiner Unabhängigkeit, Freiheit und Beweglichkeit wird. Es geht nicht um Entbehrung um der Entbehrung willen; es geht um die evangelische Demut, die nicht als aszetisches Mittel dient, sondern wesentlich zum beispielhaften Leben nach der Art der Apostel gehört.

Eine neue Entwicklungsstufe beginnt sich mit der Annahme der Augustinusregel durch den Orden des Dominikus abzuzeichnen. Die Brüder beschlossen gleichzeitig, «keinen Besitz zu haben, damit der Dienst der Predigt nicht behindert werde durch die Sorge um irdische Güter. Nur die Einnahmen aus festen Erträgen ließen sie bis dahin noch zu» (Jordan von Sachsen). Um die päpstliche Bestätigung zu erlangen, mußte die Toulouser Gründung Besitzungen vorweisen. Eine andere materielle Lebensgrundlage für einen Priesterorden kannte man damals nicht. Dominikus drängt aber bei seinen Brüdern gleichwohl auf die Bettelarmut, wie er sie selbst vorlebte. Wie wir am Beispiel des Johannes von Navarra (156) sehen, entstehen daraus Konflikte zwischen der bestehenden Rechtslage und der weitergehenden Absicht des Ordensgründers. Johannes verlangte, als er auf den Weg nach Paris geschickt wurde, Reisegeld, wie es ihm als Chorherrn zustand. Dominikus konnte ihn nicht bewegen, auf dieses Recht zugunsten der Bettelarmut zu verzichten. Er gibt ihm schließlich das Reisegeld, erteilt ihm aber zugleich eine Lektion, die der Bruder sein Leben lang nicht vergaß. Schon vor dem Generalkapitel im Jahre 1220 stoßen die Konvente ihre

festen Einkünfte ab. Das Generalkapitel beschließt dann, die Versorgung der Predigerbrüder auf die Bettelarmut zu gründen. Was bis dahin den Priestern verboten war, machte nun ein Priesterorden zur Grundlage seines Daseins, ohne sich um die kanonischen Vorschriften zu kümmern (158).
Dominikus versteht den Bettel im Gesamtrahmen des apostolischen Lebens. Almosen zu erbitten, war das Recht des Apostels. «Wenn wir für euch Gaben des Geistes gesät haben, ist es dann zuviel, wenn wir irdische Gaben von euch ernten?» (1 Kor 9,11). In diesem Sinn ist das Erbitten von Almosen kein Bettel, sondern ein Tausch. Der Prediger schenkt den Menschen das Wort Gottes und empfängt dafür von ihnen das zum Leben Notwendige. Honorius III. unterstreicht in den Empfehlungsbullen den apostolischen Charakter der freiwilligen Armut der Prediger. Verbunden mit dem steten Umherziehen gab sie ihnen die innere und äußere Freiheit. Unbelastet von den Sorgen um die Verwaltung von Besitz und unabhängig von den Mächtigen dieser Welt konnten die Predigerbrüder viel freier das ganze Evangelium verkünden. Als Teil der apostolischen Lebensform gehörte die Armut zum vorgelebten Beispiel der Verkünder, zur Entäußerung für das Evangelium, die, wie der Papst betont, auch Verachtung nach sich zieht. Mithin war sie ein Wesenselement der Aszese dieser apostolischen Lebensweise. Was den katholischen Wanderpredigern nicht gelungen ist, nämlich die persönliche Armut des einzelnen und die gemeinschaftliche Armut der Konvente zu verbinden, hat Dominikus genial gelöst. Nicht nur die umherwandernden Prediger sollten ihren Unterhalt aus Almosen bestreiten, sondern, seit Mai 1220, auch die Klöster. Jeden Morgen verließen zwei Brüder den Konvent, um auf Straßen und von Tür zu Tür zu betteln, damit die Brüder im Kloster einen Tag davon leben konn-

ten. Daß die ausgesandten Brüder manchmal unverrichteter Dinge von ihren Bettelreisen zurückkamen und die Brüder im Konvent hungern mußten, verwies sie noch stärker auf die Berufung der Armen. Gläubig lieferten sie sich der Vorsehung aus, die gelegentlich auf wunderbare Weise half (120, 126). Ein anderer Grund, warum die Klöster des Predigerordens auf Bettel angewiesen waren, lag in der Abschaffung der Handarbeit, von deren Ertrag die Mönche lebten und Hilfsbedürftige versorgten. An die Stelle der Handarbeit war in dem neuen Orden das Studium getreten. Die im Studium stehenden Brüder konnten ihren Lebensunterhalt nicht verdienen, und die Wanderprediger durften keine Geldspenden entgegennehmen, mit denen sie die im Konvent lebenden Brüder hätten unterstützen können.

5. Das Studium als Geistesarbeit im Dienst der Verkündigung (160–69)

Bei der Verpflichtung der Ordensleute zur Handarbeit beriefen sich das Mönchtum und sogar einzelne Chorherrenorden auf den heiligen Paulus. Auch die Humiliaten und Franz von Assisi konnten sich ihre Lebensweise ohne Handarbeit nicht vorstellen, während die Katharer und Waldenser in ihr ein Hindernis für eine wirksame Verkündigung erblickten. Das Wort Jesu: «Müht euch nicht um die Speise, die verdirbt, sondern um die Speise, die bleibt für das ewige Leben» (Joh 6,27), genügte, um die Handarbeit zu verbannen. Bei Dominikus finden wir keine Spur von Handarbeit. An ihrer Stelle führt er von Anfang an das Studium als unentbehrliches Mittel jeder apostolischen Tätigkeit, aber auch zur tieferen Befruchtung des kontemplativen Lebens ein. Seine Liebe zum

Buch ist allgemein bekannt. Schon während der Periode des «heiligen Predigtwerkes» im Languedoc tragen er und seine Mitarbeiter Bücher bei sich, in der damaligen Zeit ein wahrer Luxus. Sie verzichten auf vieles, was notwendig gewesen wäre, nicht aber auf Bücher. Nach Jordan von Sachsen sollten die festen Einkünfte von der Diözese Toulouse am Anfang des Ordens auch zum Einkauf von Büchern dienen. Selbst Franz von Assisi erlaubte seinen Brüdern, die Heilige Schrift und liturgische Bücher zu besitzen. Dominikus ist jedoch immer bereit, auf seine geliebten Bücher zu verzichten, wenn es um eine höhere Liebe geht.

Als Student in Palencia verkauft er seine Bücher, um Menschen in Not zu helfen, und am Ende seines Lebens bekennt er, er habe im Buch der Liebe mehr gelernt als in jedem anderen Buche. Bei ihm hat das Buch nicht über die Liebe gesiegt. Doch mußte er in seiner Zeit bitter erfahren, welche Folgen die theologische Unwissenheit des Klerus hatte, der wohl Sakramente spenden, nicht aber das Wort Gottes verkünden konnte. Papst Innozenz IV. († 1254) begnügte sich zum Beispiel damit, von armen Priestern lediglich die Kenntnis der im Credo enthaltenen Glaubenswahrheiten, die auch die Laien wissen mußten, zu verlangen. Zusätzlich sollten sie an die Gegenwart Christi in der heiligen Eucharistie glauben und fähig sein, die Sakramente zu spenden und die Messe zu feiern. Letzteres konnten sie bei einem Pfarrer lernen. Die Bischöfe sollten darüber hinaus imstande sein, Glaubensfragen zu beantworten, nötigenfalls unter Mithilfe eines Kundigeren. Im Gegensatz dazu übersteigerten die häretischen Bewegungen jener Zeit auf ihre Art den Dienst der Verkündigung und vernachlässigten die Sakramente.

Dominikus reagiert auch auf diese Not der Kirche. Seine ersten Brüder waren sicher weit weniger gebildet als er.

Gleichwohl dürfte ihr Bildungsstand dem der Mehrheit des einfachen Klerus entsprochen haben. Aber Dominikus sorgte für die Möglichkeit, ihre Bildung zu verbessern und begeisterte sie für das Studium der Theologie und der Heiligen Schrift. In Toulouse schickte er sie zum englischen Theologen Alexander Stavensby in die Schule (161). Das Studium der Heiligen Schrift stand bei Katharern und Waldensern gleich hoch im Kurs. Ihre Prediger wurden in ihren Hospizen und «Schulen» ausgebildet. Dasselbe galt für die Katholischen Armen und die mit der Kirche versöhnten Lombarden. Bei den beiden letztgenannten Orden war das Studium jedoch hauptsächlich auf die Streitgespräche mit den Waldensern ausgerichtet. Franz von Assisi seinerseits beobachtete die Bemühungen einiger Brüder, das Studium in seinem Orden einzuführen, mit Mißtrauen, auch wenn er die Notwendigkeit einer gewissen theologischen Schulung für die Bußpredigt anerkannte. Dominikus hingegen drängte ganz bewußt auf eine gründliche theologische Ausbildung seiner Brüder. In seinen Augen war das Studium für die Predigt, die ihrerseits dem Heil der Menschen dienen sollte, als Bestandteil des apostolischen Lebens im Vollsinn des Wortes unumgänglich. Das IV. Laterankonzil bestätigte die Wichtigkeit des Studiums für die Verkündigung, die Dominikus ihm beimaß. Deshalb bemühte er sich Anfang 1217, Theologieprofessoren und -studenten von Paris nach Toulouse zu locken, damit sie die Prediger ausbildeten und ihnen bei der Verkündigung und Verteidigung des Glaubens halfen. Er gab aber den Plan gleich wieder auf und sandte umgekehrt seine Brüder nach Paris und Bologna, an die zwei Brennpunkte der kirchlichen Wissenschaft. Auf die Dauer konnte der Orden natürlich nicht alle Brüder nach Paris oder Bologna zur Ausbildung schicken. Die Zahl der Professoren und Studenten indessen, die an beiden Universitäten in den Orden eintrat, schwoll so an, daß die theologische Ausbildung in jeder neugegründeten Niederlassung der Predigerbrüder garantiert war.

Die Generalkapitel der Jahre 1220 und 1221 erlassen eine Reihe von Bestimmungen, die das Studium und die Ausbildung im Predigerorden regeln. Sie lassen uns erkennen, welche Bedeutung das Studium in dieser jungen Gemeinschaft gewonnen hatte, erneut ein einmaliger Vorgang in der Geschichte religiöser Orden. Bereits die Novizen sollen angehalten werden, mit Büchern sorgfältig umzugehen; sie sollen Tag und Nacht, im Kloster und unterwegs, etwas lesen, überlegen und möglichst viel auswendig lernen. Die Studenten werden von einem bestimmten Bruder betreut, der ihnen beim Studium helfen soll. Die begabteren Studenten bekommen eigene Zellen zugewiesen, damit sie ungestört und ohne andere zu stören sogar nachts zum Studium wachbleiben können. Jede Konventsgemeinschaft mußte einen theologischen Lehrmeister haben, dessen Vorlesungen die Konventsmitglieder beizuwohnen hatten. Dadurch war die Fortbildung für alle Brüder gesichert. Die Bischöfe auf dem IV. Laterankonzil haben von einer solchen Möglichkeit nicht einmal geträumt. Der oberste Zweck des Studiums im Predigerorden lag im Seelenheil der Mitmenschen. Der Studierende, welcher das Studium der Schrift und Theologie ernst nahm, hatte aber für sein eigenes Gebetsleben und seine Kontemplation selbst am meisten Nutzen davon. Das Studium bereicherte sein geistliches Leben und lieferte ihm Stoff für die innere Schau, so daß er sich nicht in subjektiven Versponnenheiten und wuchernden Gefühlsergüssen verlor. Der Vollzug des Chorgebetes sollte flüssig sein, um Zeit für das Studium zu gewinnen.

Auch die Einführung der Dispens unterstreicht die Wichtigkeit des Studiums. Der Obere bekam die Vollmacht, seine Untergebenen in jenen Fällen zu dispensieren, in denen das Studium, die Predigt oder der Einsatz für das Heil der Menschen durch klösterliche Verpflichtungen behindert worden wäre. Das Studium ist hier als Dispensgrund der Predigt und der Sorge um das Heil der Seelen gleichgestellt. Die durch den Oberen verantwortlich gehandhabte Dispens ist kein Zugeständnis an die menschliche Schwäche. Sie erleichtert in angemessener Weise den Weg zum eigentlichen Ziel für den Fall, daß verschiedene Werte einander ins Gehege kommen. Es geht also um die bestmögliche Verwirklichung des Zieles. Verantwortungsbewußte Bischöfe haben bald begriffen, welche Vorteile ein Predigerkloster in ihren Diözesen auch für die geistige Hebung des Diözesanklerus haben konnte. Deutlich kommt das etwa im Brief Bischof Konrads von Metz vom 22. April 1221 zum Ausdruck (146).

6. Die neue Organisation des Predigerordens

Im Vergleich zu den althergebrachten religiösen Gemeinschaften rufen das neue Ziel des Predigerordens und die zum Teil neuartigen oder anders ausgerichteten Mittel nach neuen Strukturen und einer anderen Organisation. In den klassischen Orden waren die einzelnen Abteien oder Stifte voneinander unabhängig. Ein Orden setzte sich aus der Vereinigung der selbständigen Abteien oder Stifte zusammen, wobei ihre Insassen sich an das jeweilige Kloster banden. Im Predigerorden verpflichten sich die Brüder durch das Gehorsamsgelübde nicht einem bestimmten Kloster oder einer Kirche, sondern unmittelbar dem Ordensmeister. Dies verleiht der internationalen Gemeinschaft eine große Beweglichkeit und ermöglicht es den Oberen, jeden Bruder dort einzusetzen, wo es das Ziel des Ordens gerade erfordert. Die Kapitel, denen auch von der Basis gewählte Vertreter angehören, sorgen durch ständige Kontrolle der Oberen dafür, daß der Zentralismus nicht überhandnimmt und die Vorgesetzten keine selbständigen Herrscher werden. Das höchste Regierungsorgan ist das Generalkapitel, nicht der Ordensmeister. Das Generalkapitel versammelt sich in den Anfängen des Ordens alljährlich und hat die gesetzgebende Gewalt über den ganzen Orden inne. Es kann die Ordensverfassung, die Konstitutionen, abändern und sie, abgesehen vom Ziel und den Mitteln zum Ziel, jederzeit neuen Verhältnissen und Bedürfnissen anpassen. Bei Streitigkeiten zwischen den Provinzen, Konventen und unter den Brüdern besitzt es überdies die höchste richterliche Gewalt. Es kann auch alle Oberen im Orden ablösen, den Ordensmeister nicht ausgenommen. Die Oberen bleiben also nicht auf Lebzeiten im Amt, sondern nur solange sie das Vertrauen der Brüder genießen. Während die Generalkapitel der Zisterzienser, die das Vorbild für vergleichbare Institutionen in den Mönchs- und Chorherrenorden abgaben, den Zweck hatten, in allen Abteien die gleiche Disziplin durchzusetzen und, wo es nötig war, diese zu erneuern, brach mit den Kapiteln der Predigerbrüder das demokratische Zeitalter in den religiösen Orden an. Dieses neue konstitutionelle System bezieht einige wesentliche Anregungen von den zeitgenössischen Verfassungen der norditalienischen Städte, in denen der Podestà ebenfalls durch Wahl bestimmt wird und seine Amtsperiode zeitlich beschränkt ist. Für die Dauer des Generalkapitels oder der Provinzkapitel wählt die Vollversammlung eine Gruppe von vier Brüdern, Diffinitoren genannt, denen alle Vollmachten übertragen werden, einschließlich der Überprüfung oder Absetzung der betreffenden Oberen. Außerhalb der Kapitel amtieren die Vorgesetzten vor allem als Visitatoren der Provinzen und Konvente, die den verschiedenen Untergliederungen des Ordens neue Anstöße geben und seine Lebensgeister wachhalten sollen. Durch das System der Kapitel erhalten viele Brüder die Möglichkeit, an der Leitung des Gesamtordens oder seiner Provinzen und Konvente teilzuhaben und Verantwortung zu übernehmen.

Schon die Zeitgenossen des heiligen Dominikus standen der Neuartigkeit seiner Ordensgründung etwas perplex gegenüber, wie zum Beispiel Boncompagno von Signa, Professor der Rhetorik in Bologna. Für ihn scheinen die Predigerbrüder zugleich mit Ochs und Esel zu pflügen (Dtn 22,10), weil in ihrem Orden die Lebensweise der Mönche und Chorherren miteinander vermischt ist. Trotzdem stellt er ihnen ein hervorragendes Zeugnis aus: «Sie führen das apostolische Leben auf Erden, weil sie durch das Wort der Verkündigung viele Menschen zum Heil anspornen, besonders da sie nichts predigen, was sie nicht selber zu leben versuchen.» Daß es Dominikus gelungen ist, die Einheit von Wort und Tat herzustellen, die Verkündigung der Wahrheit mit dem Leben gemäß der Wahrheit zu versöhnen und aus den verschiedenen Bestandteilen der «apostolischen Lebensweise» eine haltbare Synthese zu schaffen, verdankt er in hohem Maße der Ausgewogenheit seiner Handlungsweise und seiner Persönlichkeit.

IV EIN MANN DER SYNTHESE

Die harmonische Ausgeglichenheit, zu der Dominikus bei der Reifung seiner Persönlichkeit unter den Anforderungen seiner Zeit fand und die er nach jahrelangem, zielstrebigem Abtasten verschiedener Möglichkeiten noch vor seinem Tod dem Predigerorden aufprägen konnte, zeigt sich in folgenden Punkten:

1. Ausgeglichenheit von Kontemplation und Aktion

Es gelingt Dominikus, trotz der Spannungen zwischen Beschauung und apostolischem Einsatz, beide Wesenselemente zu einem einheitlichen Leben ohne Bruch und Zwiespalt zu verschmelzen. Am Anfang steht für ihn das Wort Gottes, auf das er hört und in das er sich betrachtend versenkt; doch gerade auf diese Weise wird es ihm zur Quelle seines Redens und Tuns. Im Hinhören auf das göttliche Wort spricht er sein Wort und wirkt er sein Werk. So wird sein Gebet apostolisch und sein Handeln bekommt eine kontemplative Dimension, weil er seinen Blick dabei von Gott nicht abwendet. Er heiligt sich in der Beschauung, um andere heiligen zu können, und indem er andere heiligt, heiligt er sich selbst. Unter «heiligen» verstehen wir hier die Zuwendung zur Unversehrtheit, Festigkeit und Treue Gottes, die Gott selbst ermöglicht. Die Nachfolge der Apostel vollzieht sich für ihn

nicht so sehr im äußeren Nachahmen und in der Tätigkeit, sondern vor allem in der inneren Haltung. Wie Christus und die Apostel, die das Wort Gottes nicht zugunsten des Dienstes an den Tischen vernachlässigen wollen (Apg 6,2), verteilt auch Dominikus seine Zeit auf Gebet und Verkündigung, selbst wenn ihm für das Gebet oft nur die Nacht übrig bleibt. Im Gebet reift sein Wort, mit Hilfe des Gebetes trifft er seine Entscheidungen und stellt seine ganze Person in den Dienst des Evangeliums und der Mitmenschen.
Die Spannung zwischen Kontemplation und Aktion durchzieht die Geschichte des Predigerordens. Zwar brach er nicht auseinander wie andere Orden, die vielerlei Spaltungen durchmachen mußten, er war aber oft der Zerreißprobe zwischen den beiden Polen ausgesetzt. Nach der Übernahme von Kirchen mit der Verpflichtung zum Chorgebet gelang es Dominikus, dieses mit dem persönlichen Gebet ins Gleichgewicht zu bringen. Er liebte das liturgische Gebet der Kirche, minderte jedoch sein Gewicht, weil das Ziel des Ordens ein anderes war als bei den herkömmlichen Orden. Gemäß seinem Vorbild übernahmen die Brüder die Gewohnheit des stillen persönlichen Gebetes (orationes secretae) besonders nach der Matutin.

2. Ausgeglichenheit zwischen dem Ziel des Ordens und den Mitteln zum Ziel

Da das Ziel des Ordens in der Geschichte der religiösen Orden neu ist, sind auch die Mittel zum Ziel neu, wie zum Beispiel das Studium, oder es werden überkommene Mittel umgewandelt und teilweise mit neuem Inhalt gefüllt, um das Ziel besser erreichen zu können. Studium, Armut, Gemeinschaftsleben, Gelübde, aszetische Übungen tragen einen Doppelcharakter. Einerseits dienen sie der Erziehung einer moralisch gesunden Persönlichkeit und eines seiner Berufung treuen Ordensmannes, andererseits sind sie apostolisch ausgerichtet, weil alles im Hinblick auf die apostolische Sendung unter den Menschen verwirklicht wird. Während das Hervorstechende an der mönchischen Lebensweise die Trennung von der Welt war und für die Mönche die eigene Heiligung im Vordergrund stand, sind die Predigerbrüder zum Einsatz in der Welt berufen. Deshalb werden ihre Klöster grundsätzlich in den Städten und nicht in der Einsamkeit gebaut. Trotz der Einrichtung von Klöstern, die eine gewisse Seßhaftigkeit herbeiführt, gelingt es Dominikus, sie mit dem Wanderleben der Prediger zu vereinen. Die Gemeinschaft sendet bestimmte Brüder zum Predigen aus, diese finden aber in der Gemeinschaft immer wieder die nötige Geborgenheit zur Wiederherstellung ihrer körperlichen und geistigen Kräfte.

Weil auch die Armut kein Wert in sich ist, sondern ein Mittel des Apostolates, wird es den Brüdern erlaubt, Konvente, Kirchen und Bücher zu besitzen, obwohl diese ein Kapital darstellen. Es ist kein totes Kapital, das nur bereichert, sondern im Gegenteil die Brüder nötigt, auch für seinen Unterhalt zu betteln. Dominikus überwindet den alten Gegensatz zwischen der Bettelarmut der Wanderprediger und der scheinbaren Unmöglichkeit, Konvente auf Besitzlosigkeit zu gründen, indem er es wagt, auch die Gemeinschaft im Kloster auf Bettel angewiesen sein zu lassen, doch jeweils nur einige Brüder mit dem Bettel zu beauftragen, so daß das Gemeinschaftsleben nicht darunter leidet.

3. Ausgeglichenheit zwischen Tradition und Fortschritt

Als eigentliche Ordensverfassung traten Satzungen an die Stelle einer starren und unveränderlichen Regel, wobei die Generalkapitel die Macht hatten, diese Satzungen zu ändern – das Ziel des Ordens und die Mittel zum Ziel ausgenommen. Dadurch sah sich die Gemeinschaft instandgesetzt, immer Neues zu wagen und sich zu reformieren, ohne Spaltungen hervorzurufen, aber auch die Tätigkeit der Brüder den gewandelten Verhältnissen und Bedürfnissen von Kirche und Welt anzupassen. Die Werte der Überlieferung behalten dank des gleichbleibenden Ordenszieles und der Mittel hierzu ihre unverzichtbare Stellung; doch ihre fortdauernde Wirksamkeit wird gerade durch die ständige Erneuerung gesichert. Die Basis und die Leitungsorgane sind im gleichen Maße an diesem Prozeß beteiligt.

4. Zusammenwirken von Amt und Charisma

Fast gleich nach dem Verbot des IV. Laterankonzils, neue Orden zu gründen, entsteht in der Kirche ein neuer Orden, ohne daß es den Zeitgenossen recht bewußt wird. Zum Teil ist diese Tatsache der Klugheit des hl. Dominikus zuzuschreiben; er war flexibel genug, Zugeständnisse zu machen und trotzdem sein Ziel zäh und unbeirrbar zu verfolgen. Wäre Dominikus ein phantasieloser Gesetzesmensch mit einer rein juristischen Denkweise gewesen, wäre es ihm nicht in den Sinn gekommen, dem Kanon eines ökumenischen Konzils zuwiderzuhandeln. Sicher hätte er auch nicht gewagt, innerhalb von sechs Jahren so viele Rechtsnormen und eingefleischte Traditionen, wie zum Beispiel das Vorrecht der

Glaubenspredigt für die Bischöfe und ihre Beauftragten, das Verbot des Bettels für Priester, die Notwendigkeit des Besitzes für Klöster, zu umgehen und stattdessen so ziemlich das Gegenteil einzuführen. Das konnte er nur tun, ohne selbstzerstörerische Konflikte mit den Gesetzen und Überlieferungen heraufzubeschwören, weil er ein Charismatiker war. Er glaubte an die verändernde Kraft des Geistes, der keine falsche Ehrfurcht vor versteiften Institutionen und überholten Normen hat, die zum Selbstzweck geworden sind und den Zugang zur Botschaft Christi versperren. Begnadet mit den Gaben des Geistes, besaß er ebenso den Mut zur Demut; sie bewog ihn, seine Geistesgaben nicht für sich zu beanspruchen, sondern sie für die Gemeinschaft einzusetzen und der kirchlichen Autorität zur Prüfung vorzulegen. Es ist eine häufig wiederkehrende Erfahrung der Kirchengeschichte, daß gerade aus der Spannung und dem Zusammenwirken von persönlichem Charisma und kirchlicher Autorität etwas Gediegenes und Fruchtbares entsprießen kann.

Zum Glück begegnet Dominikus seinen Gegenspielern in der Hierarchie als Menschen, die keine Prinzipienreiter waren, vielmehr Seelenhirten, die ihren Auftrag, das Charisma des Dienens, ernst nahmen. Honorius III. war selber ein Befürworter der «apostolischen Lebensweise», er schätzte das Amt der Verkündigung hoch und rief, wie aus seinen Predigten hervorgeht, unentwegt nach der Einheit von «Wort und Beispiel». Es ist auch dieser Papst, der sich über die juristischen Schranken, die das Werk von Dominikus hindern, hinwegsetzt, ohne sie offiziell aufzuheben, und neue Rechtsbestimmungen erläßt, die den Ideen des Ordensstifters entsprechen und seine Gründung fördern. Er nimmt sich dieser Gründung ganz persönlich an, wie wenn er selbst ihr Urheber wäre. Im Urkundenbuch des Heiligen überrascht uns die große Zahl der Papstschreiben von Honorius III., ein Zeugnis der engen Zusammenarbeit von Amt und Charisma. Die päpstliche Kanzlei zieht am selben Strang und umgeht ihrerseits zahlreiche Regeln und Bestimmungen. Das können wir noch heute an den Originalen feststellen. Es gibt dort Ausbesserungen in der Reinschrift, Vereinfachungen in der Form, die gegen die Kanzleiregeln waren, aber Dominikus Zeit und Auslagen sparen halfen. Die Beziehungen zum einflußreichsten Kardinal seiner Zeit, Hugolin, dem «Schutzherrn» der Minderbrüder, reichen sicher schon in die Tage des IV. Laterankonzils zurück. Sie vertiefen sich bei jedem Aufenthalt des Dominikus an der päpstlichen Kurie immer mehr, so daß zwischen beiden Männern die gegenseitige Hochachtung wächst und eine echte Freundschaft entsteht. So trifft Dominikus im Umkreis des Bischofs von Rom nicht nur Bürokraten, sondern eifrige Seelsorger, denen die Anliegen des Reiches Gottes und der Kirche auf dem Herzen brennen. Dank ihrem Verständnis und ihrer Mithilfe vermochte er die Konflikte und Sackgassen der Bewegung für die «apostolische Lebensweise» zu überwinden, die verschiedenen Elemente dieser Lebensweise in Einklang zu bringen und eine einzigartige und dauerhafte Synthese zu schaffen.

5. *Die Ausstrahlung des neuen Ordens*

Wie es häufig mit rigorosen Verboten geschieht, die nur gegen einen Mißstand reagieren, konnte auch das Verbot des IV. Laterankonzils, neue Orden zu gründen, das Wirken des Geistes nicht einschränken und ein Gut für die Gesamtkirche nicht unterbinden. Dominikus verstößt keineswegs direkt gegen den Kanon 13 des Konzils, der den neuen Ordensnie-

derlassungen vorschrieb, eine alte Regel und bereits approbierte Konstitutionen zu übernehmen. Er wählt die Regel des heiligen Augustinus und übernimmt teilweise die Satzungen der Prämonstratenser. Satzungen dienten in den Mönchs- und Chorherrenorden dazu, die Disziplin zu vereinheitlichen und die Regel durch konkrete Anordnungen zu ergänzen. Sie waren deshalb veränderbar und anpassungsfähig. Hier lag der schwache Punkt des Kanons 13, den sich Dominikus zunutze machen konnte. Er fügt den Satzungen über disziplinäre Bestimmungen hinaus wesentlich neue Elemente ein, vor allem einen neuen Ordenszweck, ohne dadurch mit der Regel in Widerspruch zu geraten.
Die Einführung von Satzungen bei den Orden hatte schon früher eine gewisse Abschwächung der Regeln und eine Aufwertung der veränderbaren Satzungen zur Folge. Dominikus hat diese Entwicklung beschleunigt, so daß in Zukunft die Regeln lediglich als Grundlage des Ordenslebens und als Verpflichtung zu den drei Gelübden galten, wie Papst Innozenz IV. beispielsweise der hl. Klara erklärt, wenn er sie auf die Benediktinerregel verpflichtet. Dieser Vorgang bleibt nicht auf die Entstehung eines einzelnen Ordens beschränkt; ihm ist vielmehr eine neue Gattung religiöser Gemeinschaften insgesamt zu verdanken: die sogenannten Mendikanten- oder Bettelorden. Die Karmeliter, ursprünglich ein Einsiedlerorden, passen sich der neuen Ordensgattung an (1245), die Augustiner-Eremiten (1256), die Serviten, übernehmen weitgehend die Satzungen des Predigerordens, und selbst die Minderbrüder werden von der römischen Kurie nach dem Muster der Predigerbrüder organisiert. Das geschieht zum Teil schon unter den Augen des hl. Franz von Assisi. Franziskus leidet darunter, steht aber treu zum kirchlichen Amt. Hierin liegt seine Größe.

Das Wirken des Predigerordens und der ihm verwandten Orden löste unter den breiten Massen des Volkes eine bis dahin unerhörte Glaubensbegeisterung und einen ungeahnten Eifer für ein Leben der Buße aus. Die Leute hatten endlich jene Nachfolger der Apostel gefunden, die durch Wort und Tat des Evangelium verkündeten.

Den Anklang, den die neuen Glaubensboten fanden, bezeugen unter anderem die riesigen Bettelordenskirchen in ganz Europa. Das Volk baut sie in harter Fronarbeit, die Adeligen liefern unentgeltlich das Baumaterial, und alle suchen Anschluß an diese Orden und geistliche Betreuung durch diese Brüder. Rasch steigt das Niveau der gelebten Gläubigkeit bei Volk und Klerus an. Das Studium der Heiligen Schrift und der Theologie nimmt einen großartigen Aufschwung, wodurch auch das geistliche Leben Gehalt und Tiefe gewinnt. Den Häresien wird der Boden unter den Füßen entzogen; denn sie gedeihen dann am besten, wenn der Organismus der Kirche durch den Virus im eigenen Leib geschwächt ist. Nicht der direkte Kampf gegen sie – die Inquisition wäre eigentlich gar nicht nötig gewesen –, sondern die Hebung und Erneuerung der spirituellen Kräfte in der Kirche brachte die Irrlehren fast zum Verschwinden. Eine solche Fülle von Impulsen strahlt der heilige Dominikus aus. Aber er hat nicht nur «sein Jahrhundert genau ins Herz getroffen» (H.M. Lacordaire). Über seinen Orden kommt seine apostolische Spiritualität auch den Generationen nach ihm zugute.

TEXTE

I DIE PERSÖNLICHKEIT DES DOMINIKUS

Kein Mensch und erst recht kein Heiliger ist eine leblose Schablone. Auch Dominikus besitzt als Mensch eine unverwechselbare Persönlichkeit, die wir aus verschiedenen Aussagen seiner Zeitgenossen sehr gut erfassen können. Sein Temperament wird durch die Gnade nicht eingeebnet, sondern geläutert und gekräftigt. Was uns an seiner psychischen Verfassung auffällt, ist die Verbindung von Zartgefühl und Willensstärke. Sein unbeugsamer Charakter ließ sich von Widerständen nicht entmutigen. Doch war das zähe Durchhaltevermögen bei Dominikus mit Klugheit gepaart. So verstand er es, die wesentlichen Ziele seiner Sendung unbeirrt zu verfolgen, und vermied es, seine Energie an vordergründigen Hindernissen aufzureiben. Seinem Zartgefühl verdankt Dominikus eine außerordentliche Erlebnisfähigkeit.
Leicht ließ er sich von Freud und Leid ergreifen. Beides durchlebt er gleich tief. Aber das Leid erdrückt ihn nicht, und die Freude macht ihn nicht übermütig. Die innere Freude bewirkt in ihm einen Zustand der Heiterkeit, die Trauer löst sich in heilenden Tränen. Es entsteht eine Ausgewogenheit des Gefühlslebens, ohne daß die Eindrücke verflachen und die Empfindsamkeit verarmt. Sein herzliches Mitleiden öffnet ihm die Augen für die Not beim einzelnen und in der Gesellschaft. Er erkennt Zusammenhänge und Verflechtungen, um dann rettende Kräfte in sich und den andern wachzurufen. Deshalb konnte Dominikus seine Mitmenschen so gut trösten. Er half ihnen, die Wirklichkeit zu durchschauen, die Probleme zu klären, und gab ihnen dadurch Festigkeit und Zuver-

sicht, woraus sie Hoffnung schöpfen konnten. Er lebte selber aus dieser Hoffnung und erbaute sein Werk auf ihr. Indem er auch bei anderen Hoffnung weckte, verwirklichte er die Nächstenliebe am besten. Das ist ein Kennzeichen aller großen Erneuerer.
Die Ausgeglichenheit seines Temperamentes wurde Dominikus nicht einfach in die Wiege gelegt, er erwarb sie sich durch die Arbeit an sich selbst. Wenngleich sie von der damaligen religiösen Kultur abhing, war diese Aszese nie verbissen und grimmig. Die Entsagungen, die er sich freiwillig auferlegte, dienten vielmehr der Entfaltung einer kultivierten, mündigen Persönlichkeit; sie sollten ihn von den dunklen Seiten des Menschseins befreien und dadurch seine Liebe fördern, der sein rastloses Wirken entsprang. Die tiefsten Wurzeln seiner Befähigung zum Mitleiden lagen aber in der barmherzigen Liebe Gottes. Dominikus fühlte sich als ein von der göttlichen Liebe Erlöster. Das erfüllte ihn mit innerer Heiterkeit und weitete sein Herz so sehr, daß er die Erlöserliebe Gottes weiterschenken konnte.

Allgemeine Charakteristik

1. Dominikus war mittelgroß und feingliedrig. Sein Gesicht war etwas gerötet, seine Haare und sein Bart waren rotblond. Er hatte schöne Augen. Von seiner Stirn und von seinen Augen ging ein Strahlen aus, das jedermann mit Ehrfurcht und Zuneigung erfüllte. Wenn ihn nicht das Mitleid mit der Not eines Menschen bewegte, war er heiter und umgänglich. Seine Hände waren lang und schön geformt, seine Stimme war kräftig, schön und wohlklingend. Er war nicht kahlköpfig, der Haarkranz seiner Tonsur war vollständig, da und dort von grauen Haaren durchsetzt. *(Cäcilia, Wundergeschichten)*

2. Vier Jahre oblag er dem Studium der Theologie. Mit großer Ausdauer und mit Eifer schöpfte er vom Quell der Heiligen Schrift. Er schien dabei unermüdlich, studierte er doch Nächte hindurch fast ohne zu schlafen. Und er verwahrte die Wahrheit, die er mit den Ohren vernommen, tief im Gedächtnis. Das, was er dank seiner Begabung mit Leichtigkeit erlernte, nahm er auch mit seinem Herzen auf. So wurde schon sein Studium zu einem Werk des Heiles. Er genoß so das Glück, von dem das Evangelium spricht: «Glücklich jene, die das Wort Gottes hören und es bewahren» (Lk 11,28). Es gibt ja zwei Weisen, das Wort Gottes zu bewahren: Wir bewahren einmal im Herzen, was wir mit den Ohren vernommen haben, und dann setzen wir das Gehörte in die Tat um und lassen es so wirksam werden. Niemand bezweifelt, daß die letztere Art, das Wort Gottes zu bewahren, die bessere, wichtigere ist; denn es bekommt dem Weizenkorn besser, wenn es in die Erde gelegt wird, als wenn es in der Saattruhe liegenbleibt. Dominikus, der Diener Gottes, ließ es an keinem von beidem fehlen: sein Gedächtnis war wie eine übervolle Saattruhe Gottes, von der man nur immer ausschütten konnte; und was in seinem Herzen aufbewahrt war, das bezeugte er nach außen in seinem Tun und Wirken auf die schönste Weise. Weil er sich der Stimme des göttlichen Gegenübers so willig öffnete und das Gebot seines Herrn mit so großer Liebe bewahrte, beschenkte ihn Gott auch mit immer tieferer Erkenntnis, so daß er, Dominikus, nicht mehr nur «die Milch der Kinder» vertragen konnte, wie Paulus sagt (1 Kor 3,2), sondern auch die schwierigeren Dinge erfaßte, demütig wie er war. *(Jordan, Anfänge 7)*

3. Schon früh zeigte er einen ausgeglichenen Charakter. So wie er als Kind war, verhieß er Großes, wenn er einst er-

wachsen sein würde. Er war nicht bei denen zu finden, die ihre Zeit bei leichtsinnigem Spiel vertrödeln. Nach der Art des Patriarchen Jakob vermied er es, sich herumzutreiben wie Jakobs Bruder Esau; er verließ nur selten die Stille seines Vaterhauses oder die Geborgenheit, die er in der Kirche fand. Man hätte geglaubt, zugleich einen jungen Mann und einen alten Weisen vor sich zu haben; sein geringes Alter ließ ihn jugendlich, seine Reife und die Festigkeit seines Charakters schon ganz abgeklärt erscheinen. Er verschmähte die billigen Freuden der Welt und ging den Weg der Rechtschaffenheit. Bis zu seinem Tod bewahrte er ungetrübt die Unversehrtheit seines Lebens aus Gott, der die Ganzheit liebt. *(Ebd. 8)*

4. Kaum Chorherr geworden, war er unter seinen Mitbrüdern in der Demut des Herzens der Letzte, in der Heiligkeit des Lebens der Erste. Er war für sie, was ein Stern für den wandernden Hirten ist, oder wie der Wegweiser, der zum Leben führt, vergleichbar auch den wohlriechenden Düften eines schönen Sommertages. Man konnte nur staunen, wie schnell und doch so verborgen er diesen Höhepunkt des religiösen Lebens erreicht hatte. Man wählte ihn schon bald zum Supprior in der richtigen Annahme, er werde als Vorgesetzter sein Licht jedermann sichtbar leuchten lassen und die andern so aufmuntern, seinem Beispiel zu folgen. Wie ein Baum, der reiche Früchte trägt, oder wie eine Zypresse, die sich zum Himmel streckt, verweilte er oft Tag und Nacht in der Kirche, im Gebet versunken. Weil er so fast seine ganze Zeit mit Beten und Meditieren verbrachte, verließ er kaum die Umfriedung des Klosters. Gott hatte ihm die besondere Gabe verliehen, über Sünder, Arme, Bedrückte zu weinen. Er nahm sich ihr Unglück so zu Herzen, daß sein Mitgefühl in seinen Augen zu lesen war. *(Ebd. 12)*

5. Die Nacht pflegte er sehr oft im Gebet zu verbringen und bei verschlossener Tür den Vater im Himmel anzuflehen. Es kam nicht selten vor, daß er während oder am Ende seines Betens aus dem Innersten heraus seufzte oder gar schrie; er konnte sich dabei nicht zurückhalten, man hörte diese Schreie von weitem. Und dies war die besondere Bitte, die er immer wieder an Gott richtete: Er möge ihm eine echte Liebe geben, damit er für das Heil der Menschen wirken könne. Er glaubte nämlich, erst dann ganz zu Christus zu gehören, wenn er sich mit allem, was er war und hatte, für das Heil der Menschen einsetze; so wie unser Herr Jesus, der Erlöser aller Menschen, sich ganz für unser Heil hingegeben hatte. Er las mit Vorliebe in den «Unterweisungen der Väter» [von Johannes Cassian], einem Buch, das von den Fehlern, aber auch von all dem handelt, was das geistliche Leben fördert. Darin forschte er nach den Wegen, die zum Heile führen, und versuchte mit der ganzen Kraft seiner Seele ihnen zu folgen. Dieses Buch und die Gnade Gottes ließen ihn zu einer seltenen Reinheit des Gewissens gelangen, zu einer tiefen Einsicht in der Kontemplation und zu einem hohen Grad in der Vollkommenheit. *(Ebd. 13)*

6. Noch erstaunlicher als seine Wundertaten waren Dominikus' Integrität und sein Eifer für die Sache Gottes. Das waren zwei so hervorstechende Charakterzüge, daß es erlaubt ist, von ihm zu sagen: Er war ein Gefäß der Ehre und der Gnade, und zwar ein Gefäß, das mit den kostbarsten Edelsteinen geschmückt ist. Er bewahrte immer den Gleichmut, außer wenn er erschüttert war ob dem Unglück eines Menschen; dann überkam ihn das Mitleid und das Erbarmen. Weil aber die Freude des Herzens das Gesicht erstrahlen läßt, drückte sich seine Ausgeglichenheit durch seine Güte und

eine heitere Miene aus. Wenn er nach reiflicher Überlegung einen Entschluß gefaßt hatte, den er auch vor Gott verantworten zu können glaubte, war er kaum mehr bereit, von ihm abzugehen. Sein Blick verlor sich nie im Irdischen, aber immer erstrahlte auf seinem Gesicht die Freude, die von seinem geläuterten Gewissen herrührte. *(Ebd. 103)*

7. Mit dieser Freude gewann er sich leicht die Liebe aller; wer ihm begegnete, war ihm zugeneigt. Wo immer er mit Menschen zusammentraf, in der Seelsorge, auf der Wanderschaft mit seinen Begleitern, in einem Haus mit dem Gastgeber und seiner Familie, unter Prinzen und Prälaten, immer hatte er ein ermunterndes Wort, und immer wußte er Beispiele zu erzählen, die seine Zuhörer zur Liebe zu Christus entflammten und die sie die Welt geringachten ließen. In Wort und Tat erwies er sich als ein Mensch des Evangeliums. Tagsüber suchte niemand so wie er die Gesellschaft seiner Brüder oder seiner Weggenossen, niemand war so heiter und fröhlich wie er. *(Ebd. 104)*

8. Aber nachts war keiner so eifrig im Wachen, im Beten und Bitten. Das tat er auf ganz verschiedene Weise. Abends vergoß er Tränen im Gebet, morgens strahlte er vor Freude. Den Tag teilte er mit den Mitmenschen, die Nacht mit Gott. Er hielt sich an das Psalmwort, das sagt, daß Gott den Tag für die Barmherzigkeit, die Nacht für den Lobgesang gemacht hat (Ps 42,9). Er weinte oft und vergoß viele Tränen; Tränen waren sein Brot Tag und Nacht, am Tag vor allem wenn er die Messe feierte, des Nachts wenn er wachte, wie es sonst niemand tat. *(Ebd. 105)*

9. Fast ohne Ausnahme verbrachte er die Nächte in der Kirche, so daß er keine bestimmte Schlafstätte hatte. Wie gesagt, betete er des Nachts und dehnte diese Nachtwachen so weit aus, wie es nur die Gebrechlichkeit des Körpers gestattete. Wenn ihn schließlich die Müdigkeit überkam und sein Geist ermattete, dann legte er sich vor dem Altar oder sonstwo nieder, aber immer so, daß sein Kopf auf Stein zu liegen kam, wie es vom Patriarchen Jakob heißt, und ruhte für kurze Zeit. Danach betete er wieder mit wachem Geiste. *(Ebd. 106)*

10. Alle Menschen umfing er mit einer fast grenzenlosen Liebe, und da er allen mit Liebe begegnete, wurde er von allen geliebt. Sich zu freuen mit den Fröhlichen und zu weinen mit den Weinenden, war seine persönliche Devise, überströmte er doch von Güte und Sorge für die Mitmenschen und von Mitleid für die Unglücklichen. Besonders liebenswert machte ihn auch die Tatsache, daß er immer geraden Weges ging und daß man in seinen Worten und Taten nie auch nur die geringste Spur von Verstellung oder Falschheit wahrnehmen konnte. *(Ebd. 107)*

11. Er liebte die Armut über alles. So trug er meist alte, abgetragene Kleider. Im Essen und Trinken war er sehr mäßig, er zog ein einfaches Mahl irgendwelchen Leckerbissen vor. In allem bewies er große Selbstdisziplin. So verdünnte er den Wein mit Wasser, daß er ihm zwar wohlbekam, aber nicht seinen Geist trübte. *(Ebd. 108)*

12. Von all unseren großen Vorgängern im Orden wollen wir vor allem unseren Vater Dominikus in ehrenvollem Gedächtnis behalten. Er war, als er unter uns weilte, ein ganz

vom Geist bestimmter Mensch. Er hat die körperlichen Bedürfnisse nicht nur zurückgebunden, er hat sie überwunden. Er war die Armut selber im Essen, in der Kleidung, in der ganzen Lebenshaltung. Zu beten hörte er nie auf, sein Mitleid kannte keine Grenzen, und er setzte sich wie kein anderer für das Heil der Mitmenschen ein. Für sie vergoß er viele Tränen. Er ließ sich von Widerwärtigkeiten nicht entmutigen, und auch bei Schicksalsschlägen bewahrte er den Gleichmut. Wie groß er als Mensch war, davon künden das Werk, das er hinterlassen hat, seine Tugenden und seine Wunder. Wie groß er jetzt noch ist, nach seinem Tode, dafür gibt es viele Zeichen, von denen ihr sicher bald von anderswoher erfahren werdet. – Kürzlich durften wir seinen Leichnam von der alten Grabstätte zu einer neuen, ehrenvolleren überführen. *(Jordan, Enzyklika 183)*

Das Hauptmerkmal von Dominikus' Temperament war eine große Sensibilität und ein Mitleid mit jeder Art von Leiden (auch moralischen), ganz im Sinne des griechischen Ausdrucks «Sympathie». Sein Mitgefühl mit Armen und Leidenden ging sehr tief und bewirkte, daß er sich den Menschen selbstlos zuwandte. Da sein Mitleiden aber mit einem festen Charakter und echter Demut gepaart war, wirkte es auf seine Mitmenschen nicht herablassend oder gönnerhaft.

13. Zur Zeit, als er in Palencia als Student weilte, brach in fast ganz Spanien eine Hungersnot aus. Von der Not der Armen gerührt, überkam ihn ein solches Mitleid, daß er beschloß, durch eine Tat mit dem Willen Gottes Ernst zu machen und alles zu tun, was in seiner Macht stand, um das Elend der Armen zu lindern. So verkaufte er seine Bücher, die er zum Studium gebraucht hätte, und all seine Habe. Aus

dem Erlös stiftete er ein Hospiz und unterstützte die Armen mit Gaben. Durch dieses Beispiel seiner Güte forderte er die andern Theologen und Professoren so heraus, daß diese ihre Nachlässigkeit einsahen und von da an reichlich Almosen verteilten. So sehr hatte sie die Großzügigkeit des jungen Mannes beeindruckt. *(Jordan, Anfänge 10)*

14. Bruder Ventura von Verona sagte: Dominikus war ein verständiger, kluger, gütiger und vor allem ein sehr mitfühlender, ein umgänglicher und gerechter Mensch. Ich habe zwar in meinem Leben in den verschiedensten Ländern der Welt viele gute und tief religiöse Menschen angetroffen, aber kaum einen von solcher Tugend, wie Dominikus es war. *(Prozeß Bologna 5)*

15. Bruder Johannes von Spanien sagte: Reichen und Armen, Juden und Heiden, deren es in Spanien viele gibt, erwies er sich gleich liebenswürdig. Er war auch von allen geliebt, außer von den Häretikern, denen er mit Streitgesprächen und Predigten zusetzte und die er zu überzeugen suchte. Dennoch war er auch mit ihnen freundlich, wenn er sie ermahnte, zur Buße und zum wahren Glauben zurückzukehren. Das habe ich selber gesehen, und andere haben es mir bestätigt. *(Ebd. 27)*

16. Es fehlte ihm gewiß nicht an jener großen Liebe, die einen Menschen dazu bringt, sein Leben für seine Freunde hinzugeben. Einmal hatte er einen Ungläubigen ermuntert und eingeladen, in die Kirche einzutreten. Jener aber setzte ihm auseinander, daß er durch Verpflichtungen an die Gemeinschaft der Ungläubigen gebunden sei, weil sie ihm einmal Geld geliehen hätten, das er sonst nirgendwo hätte bekom-

men können. Da wurde Dominikus so von Mitleid ergriffen, daß er beschloß, sich als Sklave zu verkaufen, um mit dem Erlös diesen Menschen aus seiner Not zu befreien. Das hätte er sicher auch getan, wenn nicht der Herr, der reich ist für alle (Röm 10,12), anderswie geholfen hätte, um die Not dieses Menschen zu wenden. *(Jordan, Anfänge 35)*

17. Eine Frau beklagte vor ihm das Schicksal ihres Bruders, der von den Sarazenen gefangengehalten wurde. Von Liebe und innigem Mitleid gerührt, bot sich Dominikus selber als Preis für den Rückkauf des Gefangenen an. Aber der Herr erlaubte es nicht, da er ihn noch für größere Werke der Gerechtigkeit und für die Umkehr vieler Menschen bewahren wollte. *(Petrus Ferrandi, Legende 21)*

18. Bruder Frugerius von Penna sagte: Als Beichtvater von Dominikus bin ich zur Überzeugung gelangt, daß er nie eine schwere Sünde begangen hat. Er ist immer demütig, gütig, fromm und mitfühlend gewesen. Schwierigkeiten ist er mit Gleichmut entgegengetreten, und noch im größten Unglück blieb er heiteren Sinnes. Er verstand so gut, seine Brüder und andere Menschen zu trösten, daß ich, ob alldem, was ich gesehen habe, zur Überzeugung gelangt bin, daß es unter all den Menschen, die ich kenne, keine solchen wie Dominikus gibt. *(Prozeß Bologna 48)*

19. Abt Wilhelm Petri bezeugte: Ich habe nie einen so ganz und gar demütigen Menschen gekannt, noch einen, der so jede menschliche Ehre und alles, was dazugehört, geringachtete wie Dominikus. Mit größter Geduld ertrug er Verleumdungen und gar Verwünschungen. Ja er nahm all das freudig wie ein Geschenk oder wie eine Belohnung an. Er

ließ sich von Nachstellungen nicht aus der Ruhe bringen, im Gegenteil, sicher und unerschrocken ging er auf Gefahren zu. Keine Angst konnte ihn bewegen, eine andere Straße zu gehen als die, für die er sich einmal entschieden hatte. Wenn er auf der Wanderung vom Schlaf übermannt wurde, legte er sich hin und schlief, wo er gerade war. Dominikus übertraf alle, die ich je unter Ordensleuten gesehen habe. Er verachtete sich selber und kam sich sehr unwichtig vor. Mit väterlicher Güte stand er kranken Brüdern bei und tröstete sie. Wenn er jemand in einer schwierigen Situation wußte, ermahnte er ihn zu Geduld und versuchte ihn aufzumuntern. *(Prozeß Toulouse 18)*

Seine Sensibilität fand ihren Ausdruck und zugleich ihre Befreiung in häufigem Weinen (20–25). Da er Gott und seine Anliegen allem – auch sich selber – voranstellte, hatte er auch ein lebendiges Bewußtsein, daß er von Gott nicht vergessen werde. Das machte ihn frei von Ängsten und Zwängen und gestattete ihm, Distanz zu halten zu allem, was ihn hätte bedrängen oder mit Sorge erfüllen können. Darum überwog sein Vertrauen immer das Gefühl von Bedrohung und Angst, auch in schwierigen und wirklich gefährlichen Situationen. Und darum auch brach immer wieder die Freude durch. Er war stets dessen inne, daß er in allen Entbehrungen und Kränkungen teilhatte an den Leiden Christi (26–29, 53–57).

20. Bruder Ventura von Verona sagte: Den größten Teil der Nacht verbrachte er im Gebet, und sehr oft betete er die ganze Nacht hindurch. Während dieses Gebetes vergoß er viel Tränen. Ich habe ihn selber nachts in der Kirche betend und weinend gesehen, zuweilen aber auch vom Schlafe bezwungen am Boden liegend. *(Prozeß Bologna 6)*

21. Bruder Johannes von Spanien sagte: Ich habe ihn immer als fröhlichen Menschen erlebt, wenn er unter anderen Menschen war, aber im Gebet weinte er oft. *(Ebd. 29)*

22. Bruder Rudolf sagte: Es war ihm ein großen Anliegen, zu predigen und Beichte zu hören. Oft hatte er Tränen, wenn er predigte, und auch seine Zuhörer weinten dann. *(Ebd. 33)*

23. Bruder Frugerius von Penna sagte: Ich habe sehr oft der Messe, die er im Konvent oder auf der Reise zelebrierte, beigewohnt. Und immer habe ich gesehen, wie er dabei zu Tränen gerührt war. *(Ebd. 46)*

24. Es ist bewundernswert, wie unser heiliger Vater Dominikus mitlitt mit den Sünden der Menschen, denn, näherte er sich einem Dorf oder einer Stadt, die man von weitem sehen konnte, dachte er an die Armseligkeiten und Sünden, die dort wohl vorkamen, und war dabei ganz aufgelöst. *(Lebensbeschreibungen II, 23)*

25. Einmal bemerkte er, daß sein Begleiter, Bruder Bertrand, sich allzusehr wegen seinen Sünden Sorgen machte. Da verbot er ihm kurzweg, seine eigenen Sünden vor die der andern zu stellen. Seine Worte waren von solcher Kraft, daß jener von da an reichlich über die andern weinte, über sich aber nicht mehr weinen konnte, auch wenn er es wollte. *(Ebd. 19)*

26. Bruder Bonivisus sagte: Wenn wir auf der Reise irgendwo übernachten oder essen mußten, folgte er immer dem Willen der Brüder, die bei ihm waren, nicht seinen eigenen

Wünschen. Und wenn er schlecht verpflegt wurde, zeigte er mehr Freude, als wenn er entgegenkommend behandelt wurde. Als ich ihn einmal in Mailand während einer Krankheit, bei der er hohes Fieber hatte, pflegte, klagte er nie. Vielmehr schien mir, daß er in Gebet und Meditation versunken sei; und das deshalb, weil ich gewisse Züge in seinem Gesichte wahrnahm, die ich in seinen gesunden Tagen immer dann feststellte, wenn er betete oder meditierte. Als dann das Fieber zurückgegangen war, sprach er mit seinen Brüdern von Gott, las oder ließ sich vorlesen. Dann freute er sich über seine Krankheit, wie es überhaupt seine Gewohnheit war, sich eher über Leiden als über Wohlergehen zu freuen. – Als ich Prokurator im Konvent von Bologna war, war eines Tages, da ich gerade den Tischdienst versah, zu wenig Brot vorhanden. Dominikus bedeutete mir, ich solle das vorhandene Brot den Brüdern austeilen. Dann erhob er mit freudigem Angesicht seine Hände, lobte Gott und sprach einen Segen. Plötzlich traten zwei Leute ein und brachten zwei Körbe, den einen mit Brot, den andern mit dürren Feigen. Und alle bekamen übergenug. Das kann ich bezeugen, weil ich selber dabeiwar. – Dominikus war sehr demütig, gütig, fromm, barmherzig, geduldig, bescheiden; er liebte die Einfachheit. Das Heil der Menschen war ihm ein tiefes Anliegen, er war ein Freund aller Ordensleute und überhaupt der Religion. Er hielt sich streng an die Ordensregeln, er vergalt nie Böses mit Bösem, auch nicht eine Verleumdung mit übler Nachrede, sondern segnete noch die Verleumder. *(Prozeß Bologna 22)*

27. Als ich mit ihm auf der Reise nach Rom war, zog er immer die Schuhe aus, sobald wir eine Stadt oder ein Dorf verlassen hatten, und ging barfuß. Die Schuhe trug er auf den Schultern, und er wollte sie mir nicht zum Tragen geben.

Vor dem nächsten bewohnten Ort zog er sie wieder an. Als wir einmal über spitzige Steine gehen mußten, sagte er zu mir: Sieh, welch ein Schwächling ich bin; denn einmal mußte ich meine Schuhe wieder anziehen. Ich fragte ihn, warum. Mein Meister sagte: Weil es damals geregnet hatte. Als wir ein anderes Mal denselben Weg gingen, war dieser von Wasser überschwemmt, weil Flüsse über die Ufer getreten waren. Da brach Dominikus in einen Lobpreis Gottes aus und sang mit lauter Stimme das *Ave maris stella,* ganz so wie er sich immer zu freuen begann, wenn er in einer schwierigen Situation war. Dann sang er noch den Hymnus *Veni Creator Spiritus* von Anfang bis zum Ende. Als wir einst wieder zu einem Flusse kamen, der wegen des Regens angeschwollen war, machte Dominikus ein Kreuzzeichen darüber. Ich hatte Angst vor dem Wasser. Das bemerkend, sagte er zu mir, ich müsse im Namen des Herrn hineingehen. Dem Kreuzzeichen vertrauend, das er gemacht hatte, und ihm gehorchend, ging ich in den Fluß hinein, der mir sehr gefährlich vorkam. Aber das Wasser wich vor mir zurück. *(Ebd. 21)*

28. Bruder Paul von Venedig sagte: Ich habe Dominikus nie im Zorn, aufgebracht oder auch nur verwirrt gesehen, weder bei großen Reisestrapazen noch wenn er sich leidenschaftlich für etwas einsetzte noch sonstwo; vielmehr war er noch frohen Mutes, wenn es Schwierigkeiten gab, und bewahrte seine Geduld, wenn etwas ganz danebenging. *(Ebd. 41)*

29. Bruder Ventura aus Verona sagte: Es war gegen Ende Juli, als Dominikus vom Hof Hugolins, des Bischofs von Ostia und Apostolischen Legaten, von Venedig zurückkehrte. Er kam sehr müde an, denn es war sehr heiß. Aber trotz seiner Müdigkeit sprach er mit mir, der ich damals eben

Prior geworden war, und mit Bruder Rudolf bis tief in die Nacht hinein über Ordensangelegenheiten. Als ich schlafen gehen wollte, bat ich Dominikus, auch schlafen zu gehen, aber in der Nacht nicht für die Matutin aufzustehen. Dominikus ging aber nicht auf meine Bitte ein, sondern begab sich in die Kirche, wo er die Nacht im Gebet verbrachte. Er nahm dann auch am Chorgebet teil, wie ich von meinen Brüdern und von Dominikus selber vernahm. Nach der Matutin habe er Kopfschmerzen gehabt. Von da an litt er offensichtlich unter der Krankheit, die ihn schließlich zum Herrn heimführen sollte. Wenn er sich wegen dieser Krankheit niederlegen mußte, verschmähte er das Bett und zog einen Strohsack vor. So liegend ließ er die Novizen zu sich rufen, tröstete sie mit lieben Worten und mit heiterer Miene und munterte sie auf, das Gute zu tun. Immer fröhlich und heiteren Sinnes, ertrug er geduldig diese und auch andere Krankheiten. *(Ebd. 7)*

Da Dominikus ein Mensch des Glaubens war, das heißt, da er im Glauben seinen persönlichen Halt und damit auch das Fundament für seine Hoffnung fand, deshalb konnte er andere trösten, ihnen Hoffnung geben, ihnen neue Möglichkeiten aufzeigen und ihnen Sicherheit vermitteln. Trösten in diesem Sinne war für Dominikus praktische Nächstenliebe.

30. Bruder Stephan sagte: Dominikus wußte wie kein anderer, seine Brüder und auch andere Menschen zu trösten, wenn sie mit persönlichen Schwierigkeiten zu kämpfen hatten. Das weiß ich, weil ich als Novize selber mit vielen Schwierigkeiten zu tun hatte. Dank seinem Rat und seinem Zuspruch vermochte ich sie alle zu überwinden. Ähnlich erging es vielen andern Novizen. *(Ebd. 37)*

31. Wenn Dominikus sah, daß einer der Brüder etwas Unschickliches tat, ging er vorerst an ihm vorbei, als ob er es nicht gesehen hätte, sagte aber nachher mit freundlichem Gesicht und mit gütigen Worten: Mein Bruder, du hast schlecht gehandelt, bekenne es mir. Und mit wohlwollenden Worten führte er ihn so dazu, sich in der Beichte auszusprechen. Auch wenn er zwar mit bescheidenen Worten, aber doch ernsthaft, ihre Übertretungen rügte, gingen dennoch alle aufgerichtet von ihm weg. *(Ebd. 32, Bruder Rudolf von Faenza)*

32. Bruder Johannes von Spanien sagte: Sündige Brüder bestrafte er, wie es die Regel vorschreibt. Aber er hatte Mitleid mit den Sündern, und es schmerzte ihn sehr, wenn er jemanden wegen seiner Sünden strafen mußte. *(Ebd. 25)*

33. Bruder Paul von Venedig sagte: Dominikus hielt sich selber bis ins einzelne an die Ordensregel und ermunterte auch die andern dazu, ja er befahl ihnen, sich an sie zu halten. Die, welche davon abwichen, wies er mit zwar strengen, doch so gütigen Worten zurecht, daß keiner darob litt oder verwirrt wurde. *(Ebd. 43)*

34. Unser seliger Vater Dominikus hatte einen jungen Mann von schöner Gestalt in den Orden aufgenommen; Bruder Heinrich, Bürger von Rom aus vornehmem Geschlecht, noch vornehmer dem Charakter nach. Als aber sein Eintritt in den Orden bekannt wurde, beschlossen Verwandte von ihm, ihn herauszuholen und wieder in die Welt zurückzuführen. Als das Dominikus zu Ohren kam, schickte er Heinrich mit einigen Begleitern in einen Konvent außerhalb Roms. Aber die Verwandten vernahmen, daß er geflohen

war, sie folgten ihm und wollten ihn auch dort herausholen. Als nun der Novize und seine Begleiter in der Nähe der Via Nomentana zum Fluß gekommen waren und diesen eben überschritten hatten, da näherten sich auch schon die Verfolger dem gegenüberliegenden Ufer. Der Novize erkannte sie. Da befahl er sich Gott und bat ihn, ihn um der Verdienste seines Vaters Dominikus willen deren Händen zu entreißen. Was nun geschah, war wie ein Wunder, bewirkt von dem, der allein große Wunder tut. Denn als die Verfolger beim Flusse ankamen und ihn überqueren wollten, schwoll das Wasser plötzlich so an, daß dies unmöglich war. Erstaunt über das Wunder kehrten sie nach Hause zurück und ließen den Novizen, wo er war. Als dieser und seine Begleiter gewahr wurden, daß ihre Verfolger umgekehrt waren, freuten sie sich, daß sie zu Dominikus zurückkehren konnten. Beim Flusse angelangt, ging das Wasser sofort wieder zurück, so daß sie leicht hindurchgehen konnten. *(Cäcilia, Wundergeschichten 11)*

Auch wenn Dominikus psychisch sehr ausgeglichen war, verzichtete er nicht auf aszetische Mittel, um noch größere innere Freiheit zu gewinnen. Einige seiner aszetischen Übungen, vor denen wir heute erschrecken, waren ganz in der damaligen religiösen Mentalität und der kulturellen Tradition verwurzelt. Obwohl seine Aszese scheinbar nur den Leib betraf, zielte er damit doch auf unvergängliche geistliche Werte, und er wollte sich so von der Welt lösen, die nicht Bestand hat. Sich selbst verlangte er sehr viel ab, den Mitmenschen gegenüber war er nachsichtig, er überforderte sie nicht, und er hatte ein Gefühl für die Belastbarkeit jedes einzelnen. Sein so verklärtes Antlitz und seine menschliche Ausstrahlung sind zum Teil auf seine ausgewogene Aszese zurückzuführen.

35. Als Dominikus noch nicht einmal der Obhut seiner Amme entwachsen war, überraschte man ihn des öftern, wie er sein Bett verließ und, die Annehmlichkeiten des Leibes verachtend, sich auf den nackten Boden legte, als gestattete er sich nur gerade die Entspannung des Körpers. Von da an machte er sich zur Gewohnheit, jedes weiche Lager auszuschlagen und meistens auf dem Boden zu schlafen. Es schien, als hätte er schon verstanden, was er noch nicht selber lesen konnte: Von dem, was das Kind gelernt hat, wird auch der Greis nicht abgehen (Sprüche 22,6). *(Petrus Ferrandi, Legende 5)*

36. Bruder Rudolf von Faenza sagte: Unser Bruder Dominikus trug um die Lenden immer eine Eisenkette auf dem bloßen Körper. Und zwar bis zu seinem Tode; denn als er gestorben war, sah ich ihn mit dieser Kette. Ich nahm sie zu mir und übergab sie später dem Ordensmagister Jordan. Nachts lag Dominikus immer in den Kleidern, es sei denn, daß er die Schuhe auszog. Oft lag er auf dem Boden, oft auf einem Flechtwerk, über das ich ein Leinen gebreitet hatte, sehr oft schlief er sitzend. *(Ebd. 31)*

37. Wilhelmine, die Gattin von Helia Martinus bezeugte: Ich habe selber ein Bußgewand gewoben, das Dominikus dann trug. *(Prozeß Toulouse 15)*

38. Nogueza von Toulouse sagte: Ich habe für ihn ein Bußgewand aus dem Haar von Panthern und Hirschen gewoben. *(Ebd. 16)*

39. Beceda, eine Nonne des Klosters vom Heiligen Kreuz, sagte: Ich weiß, daß all dies von den andern hier Gesagte wahr ist. Er war ein ganz keuscher Mann. Ich weiß auch, daß

er Haar von Stierschwänzen sammelte, um daraus für sich und den Bischof Fulko von Toulouse Bußgewänder machen zu lassen. Ich habe ihn sehr gut gekannt und muß sagen, daß ich nie irgendwelche leichtsinnigen Worte von ihm gehört habe. Ich hatte öfters die Aufgabe, für ihn das Bett zu bereiten, ich fand es aber morgens meistens so, wie es am Abend gewesen war, weil er sich nicht darauf gelegt hatte. Das war auch nicht anders, wenn er krank war. Ich habe ihn oft am Boden liegend ohne Decke vorgefunden. Und wenn ich ihn zugedeckt hatte, fand ich ihn später wieder stehend oder knieend im Gebet. Ich sorgte mich sehr um ihn. Er hat sicher über zweihundertmal in unserem Hause gegessen, aber in der Regel nahm er höchstens zwei Eier zu sich, auch wenn mehr für ihn bereitstand. *(Ebd. 17)*

40. In der Stadt Segovia lebte eine gottesfürchtige Frau, bei der Dominikus einmal zu Gast war. Dort legte er die Tunika aus Sackstoff, die er zeitweilig anstelle des Bußgewandes trug, ab, da er ein neues, äußerst rauhes und stechendes Bußkleid gefunden hatte, das seinem Wunsche entsprach. Die Frau nahm die Tunika von Dominikus dankbar entgegen und bewahrte sie als eine Kostbarkeit auf, die ihr teurer war als ein purpurner Gürtel. Eines Tages verließ sie das Haus, um Einkäufe zu machen. Im Hause war niemand, deshalb schloß sie es ab. Sie hatte aber das Feuer nicht ausgemacht, weil sie es eilig hatte oder sonst aus einem Grund. Das Feuer breitete sich nun langsam im Hause aus und versengte alles, was auf dem Boden war, nicht aber die hölzerne Truhe, in der sich die Tunika befand. Diese Truhe stand zwar mitten im Feuer, aber sie brannte nicht, ja sie wurde nicht einmal vom Rauch behelligt. Als die Frau zurückkam, staunte sie über das wunderbare Geschehen, und sie dankte Gott und dem seligen

Dominikus, ihrem ehemaligen Gast; denn er hatte nicht nur seine Tunika, sondern fast ihre ganze Habe gerettet, die sie zum größten Teil in jener Truhe aufbewahrt hatte. Die Tunika gab sie dann seinen Brüdern außer den Ärmeln, die sie aus Verehrung abgetrennt und für sich behalten hatte. Die Tunika wird bis heute im Konvent als Reliquie aufbewahrt. *(Lebensbeschreibungen II, 9)*

41. Bruder Ventura von Verona sagte: Wenn er auf Reisen war, schlief er auf einem Strohsack, hatte aber Kleider und Schuhe an, wie während dem Marsch; nur zuweilen zog er die Schuhe aus. *(Prozeß Bologna 3)*

42. Auch auf der Reise fastete er durchgehend vom Fest der Kreuzerhöhung an bis Ostern, und auch im Sommer hielt er die von der Kirche vorgeschriebenen Fasttage ein, darüber hinaus war der Freitag für ihn ein Fasttag. Was er dann etwa zum Essen geschenkt bekam, aß er in aller Bescheidenheit, nicht aber Fleisch und andere Speisen, die mit Fleisch oder mit Fett zubereitet waren. Und wenn er irgendwo schlecht mit Speise und Trank versehen wurde, schien er sich darüber zu freuen. Angekommen in einem Ort, wo Brüder waren, rief er diese zusammen und verkündete ihnen das Wort Gottes zu ihrer Erbauung. *(Ebd. 4)*

43. Bruder Wilhelm von Monferrato sagte: Die ganze Zeit, die ich mit ihm war, sah ich, wie er sich streng an die Ordensregel hielt. Leicht dispensierte er seine Brüder von der Einhaltung dieser oder jener Vorschrift, aber kaum einmal sich selber. Alle in der Regel enthaltenen Fastengebote befolgte er in gesunden und kranken Tagen. Als wir miteinander auf dem Weg nach Rom waren, litt er stark unter Ver-

dauungsbeschwerden, aber auch in diesem Zustand brach er das Fasten nicht, aß kein Fleisch noch irgendeinen Leckerbissen, es sei denn etwa eine Frucht oder etwas Gemüse. *(Ebd. 12)*

44. Wilhelmine, die Gattin des Helia Martinus, sagte: Ich habe sicher zweihundertmal mit ihm zusammen gegessen, aber nie habe ich gesehen, daß er bei einer Mahlzeit mehr als ein Viertel einer Portion Fisch oder mehr als zwei Eidotter gegessen oder mehr als ein Glas Wein getrunken hätte, der erst noch mit Dreiviertel Wasser verdünnt war. Auch hat er nie mehr als eine Schnitte Brot gegessen. Wenn er von Schmerzen gepeinigt von andern zu Bett gebracht wurde, legte er sich nachher auf den Boden, da er nicht gewohnt war, in einem Bett zu liegen. *(Prozeß Toulouse 15)*

45. Wilhelm [III. Peyronet], Abt zu St. Paul [in Narbonne], sagte: Er gönnte sich beim Essen nur wenig und nahm fast nur Brot und Wein, keine Fleischgerichte, und nur zuweilen wegen seinen Brüdern oder anderer Tischgenossen ein wenig von den Zugaben. Andererseits wollte er, daß die andern nach Möglichkeit von allem mehr als genug bekamen... Er schlug den Bischofssitz von Conserans aus, obwohl er zum Hirten und Prälaten jener Kirche gewählt worden war. Er war sehr freigebig, gastfreundlich und teilte, was er hatte, sehr gerne mit den Armen. Er liebte und ehrte Ordensleute und alle, die ihrerseits die Religion liebten. Er hatte meines Wissens nie ein eigenes Bett, statt dessen suchte er die Kirche auf, wenn eine in der Nähe war. Wo keine Kirche war, legte er sich entweder auf eine Bank oder auf die Stricke eines Bettes, von dem er vorher die Laken und die Matratze entfernt hatte. Er trug immer die gleiche Tunika, und diese war stark

geflickt, und er wollte immer billigere Kleider tragen als seine Brüder. Er war ein Freund «des Glaubens- und Friedenswerkes» und ein Förderer und Helfer der Gläubigen. *(Ebd. 18)*

46. Bruder Stephan sagte: Dominikus aß und trank sehr wenig. Ich konnte des öftern beim Essen beobachten, daß er sich mit einer Speise oder einem Gericht begnügte, während die andern zwei aßen. Aber meistens schlief er bei Tisch, während die andern aßen, so müde war er von seinen langen Nachtwachen. Und auch weil er so wenig aß und trank, überkam ihn bei Tisch der Schlaf. *(Prozeß Bologna 38)*

47. Bruder Bonivisus sagte: Ich wollte einst wissen, wo er schlafe, fand aber keine ihm eigene Schlafstätte, wie sie sonst bei uns alle haben. Oft sah ich ihn auf einer Bank, oft am Boden, zuweilen auch auf den Seilen eines Armsessels oder Bettes schlafen. Da lag er angezogen wie am Tag. *(Ebd. 20)*

48. Bruder Johannes von Spanien sagte: Im Essen und Trinken war er sehr zurückhaltend, von Leckerbissen enthielt er sich fast ganz. Andere dispensierte er von Fastengeboten, sich selber nie, er lebte strikt nach der Ordensregel. Er hatte kein eigenes Bett wie die andern. Wenn er eines gehabt hätte, müßte ich das wissen, weil viel Mühe darauf verwendet wurde, es herauszufinden. Zwei- oder dreimal war er schon zum Bischof gewählt worden, aber jedesmal lehnte er das Amt ab, da er das arme Leben bei seinen Brüdern dem Bischofsamte vorzog. *(Ebd. 28)*

49. Bruder Paul von Venedig sagte: Als wir eines Tages nach einer langen Reise in Legnago ankamen und dort übernach-

ten wollten, ließ Dominikus für uns eine Lagerstätte bereiten, er selber aber ging in die Kirche und verbrachte die Nacht dort im Gebet. Trotzdem nahm er dann an der Matutin teil, die wir mit den dortigen Klerikern beteten. Auf der Reise hielt er für sich ein strenges Fasten, seine Begleiter aber forderte er auf, zu essen, wegen der Strapazen der Reise. *(Ebd. 42)*

50. Bevor Dominikus nach einer mühsamen Reise bei einer weltlichen Herberge Unterkunft suchte, löschte er an einer Quelle oder wo es sonst Wasser gab den Durst; denn er fürchtete, er könnte ob dem Durst zu viel trinken und so die Aufmerksamkeit auf sich ziehen, was er immer möglichst zu vermeiden trachtete. *(Lebensbeschreibungen II, 24)*

51. Seine Liebe galt so sehr immer nur Gott, daß er seinen Sinn ganz von äußeren Dingen weglenkte, nicht nur von großen, sondern auch von kleinen und unbedeutenden, von den Kleidern, den Büchern, den Schuhen, dem Gurt, dem Messer usw. Und oft tadelte er den, der seine Aufmerksamkeit zu sehr auf solches lenkte. *(Ebd. 25)*

52. Bruder Stephan fügte (seinem Zeugnis) noch hinzu, daß Dominikus, dieser Mann Gottes, eine ganze Fastenzeit hindurch nur Wasser und Brot zu sich genommen hatte. Als dann Ostern kam, sagte er, er fühle sich gestärkt. Und tatsächlich erschien er schöner und wohlgenährt. *(Konstantin von Orvieto, Legende 56)*

53. Zur Zeit, als die Kreuzritter im Lande waren, predigte Dominikus mit Eifer das Wort Gottes, bis zum Tode des Grafen von Montfort. In dieser Zeit hatte er viel Verleum-

dungen und Nachstellungen von seiten seiner Gegner zu erleiden. Als sie ihm sogar drohten, ihn umzubringen, antwortete er ruhig: «Ich bin nicht würdig, als ein Martyrer zu sterben, ich habe den Tod noch nicht verdient.» Wenn er dann an Orten vorbeiging, an denen er irgendwelche Fallen vermuten mußte, sang er und war fröhlich. Das hörten die Häretiker, sie staunten ob seiner unerschütterlichen Zuversicht und sagten zu ihm: «Fürchtest du den Tod nicht? Was hättest du getan, wenn wir dich ergriffen hätten?» Und er: «Dann hätte ich euch gebeten, mir nicht zu schnell tödliche Wunden zu schlagen, sondern mich langsam zu verstümmeln, um mein Martyrium zu verlängern. Dann hättet ihr mir die abgetrennten Glieder zeigen müssen, dann die Augen ausstechen, den übrigen Körper in seinem Blut liegen lassen oder ihn dann ganz töten. Je länger ihr gemacht hättet, um so größer wäre für mich die Ehre des Martyriums gewesen.» Sie staunten über diese glaubwürdigen Worte ihres Feindes, stellten ihm keine Fallen mehr und vergriffen sich nicht mehr an diesem Gerechten, da sie nun fürchten mußten, durch seine Ermordung ihm mehr zu Diensten zu sein, als ihm zu schaden. Dominikus aber gab sich noch mehr mit allen Kräften der Aufgabe hin, Menschen für Christus zu gewinnen. In seinem Herzen glühte eine fast unglaubliche Liebe für das Heil aller Menschen. *(Jordan, Anfänge 34)*

54. Dominikus blieb im Gebiet der Albigenser bis zum Tode des Grafen Montfort und verkündete das Wort Gottes. Er ging der Ehre der Apostel nicht verlustig, die darin besteht, daß einer würdig erachtet wird, für den Namen Jesu Schmähung zu erdulden. Die Häretiker lachten ihn aus, beargwöhnten ihn, spien ihn an, warfen mit Kot und anderem nach ihm. Denn einer von ihnen bekannte, weil er es bereute,

daß er Dominikus Dreck nachgeworfen und ihm am Rücken Stroh angeheftet habe, um ihn lächerlich zu machen. Aber als ob das alles nicht genügt hätte, vergriffen sie sich an diesem Gerechten, indem sie ihm Todesfallen stellten und fürchterliche, gotteslästerliche Drohungen gegen ihn ausstießen. Über all das ging aber dieser Streiter Christi mit gläubigem Großmut hinweg und sagte zu jenen, die ihm mit dem Tode drohten: «Ich bin des Martyriums nicht würdig und auch nicht eines solchen Todes.» Wie er einst an einem Ort vorbeiging, wo er einen Hinterhalt vermutete, schritt er nicht nur ohne Furcht voran, sondern sang sogar fröhlich, dem Beispiel jenes folgend, von dem es heißt: Er wurde geopfert, weil er es selbst wollte (Jes 53,7). *(Petrus Ferrandi 20)*

55. Als Dominikus und seine Begleiter [im Languedoc] einst auf der Reise schon einige Zeit zweifelten, ob sie auf dem richtigen Weg seien, fragten sie einen Mann, von dem sie meinten, er sei katholisch, der aber in Wirklichkeit ein Häretiker war. «Gut», sagte dieser, «ich will euch gern den Weg nicht nur weisen, ich will euch selber dorthin führen.» Er führte sie nun aber böswillig durch einen Wald, durch Dornen und über Vipern hinweg, bis sie an Beinen und Füßen bluteten. Der Mann Gottes aber erduldete dies völlig gelassen, brach in ein Lob Gottes aus und ermunterte auch die andern, Gott zu loben und Geduld zu haben, indem er sagte: «Meine Lieben, hofft auf den Herrn. Wir werden den Sieg erringen, denn unsere Sünden werden durch dieses Blut gesühnt.» Der Häretiker aber, der ihre erstaunliche Geduld und Fröhlichkeit sah und von den gütigen Worten des Gottesmannes ergriffen war, gab nicht nur zu, daß er sie betrogen hatte, sondern schwor auf der Stelle der Häresie ab. Als sie

aber endlich am richtigen Ort ankamen, geriet ihnen alles zum Besten. *(Lebensbeschreibungen II, 2)*

56. Einmal wurde Dominikus gefragt, warum er nicht lieber in Toulouse selber oder in der Diözese von Toulouse als in der von Carcassonne weile. Seine Antwort war: «Weil es in der Diözese von Toulouse viele gibt, die mich achten und ehren, in Carcassonne aber kämpfen alle gegen mich.» *(Konstantin von Orvieto, Legende 62)*

57. Es kam oft vor, daß seine und seiner Begleiter Kleider im Regen durchnäßt wurden. Während nun aber seine Begleiter nach dem Nachtessen am Feuer saßen, um die Kleider zu trocknen und sich auszuruhen, ging Dominikus, vom Heiligen Geist bewegt, nach seiner Gewohnheit sofort in die Kirche, um zu beten. Im Gebete versunken verbrachte er die Nacht dort, waren seine Kleider auch noch so naß. Am Morgen jedoch waren die Kleider jener, die am Feuer geblieben waren, immer noch feucht, die seinigen aber ganz trocken, als ob sie nachtsüber auf einem warmen Ofen gelegen hätten. *(Ebd. 42)*

Als ein intelligenter Mensch war Dominikus demütig, weil er sich seiner menschlichen Grenzen bewußt war und diese auch anderen zugestand. Er respektierte deshalb auch die Verschiedenheiten der Menschen und Meinungen, war zu Dialog und zu Konzessionen bereit, und so konnte er in seiner Demut die Zusammenstöße mit der oft harten Realität ertragen. Seine Demut drückte das aus, was das Wort etymologisch meint: dienende Gesinnung. Er schätzte aber auch die ihm erwiesenen Dienste und bekundete dafür Dankbarkeit. Es war gerade seine demütige und dankbare Haltung, die ihn anderen sympathisch machte, so daß er zahlreiche Freunde hat-

te. Diese konnten ihm Vertrauen schenken, weil er so vertrauenswürdig war, daß eine bleibende Bindung entstehen konnte.

58. Bruder Ventura von Verona sagte: Ich habe ihm während seiner Todeskrankheit die Beichte abgenommen, eine Beichte, die sich über sein ganzes Leben erstreckte. Es waren viele Priester und andere zugegen, die zuhörten. Darum glaube ich, daß er nie eine Todessünde begangen hat und immer keusch gewesen ist. Nachher sagte er mir noch im stillen: «Ich habe gesündigt, weil ich offen vor meinen Brüdern von meiner Keuschheit gesprochen habe, was ich nicht hätte tun dürfen.» *(Prozeß Bologna 5)*

59. Als er schwerkrank darniederlag, trug man ihn nach Santa Maria del Monte, weil das ein gesünderer Ort ist. Er glaubte sterben zu müssen und rief den Prior und die Brüder. Es fanden sich etwa zwanzig Brüder und der Prior ein. Er hielt ihnen eine sehr schöne Predigt, die tief zu Herzen ging. Dann gab man ihm die Krankensalbung. Ich habe sagen gehört, daß der Mönch, der Rektor dieser Kirche war, Dominikus in seiner Kirche begraben wollte, wenn er dort stürbe. Ich sagte das Dominikus. Worauf er antwortete: «Ich will nur unter den Füßen meiner Brüder begraben sein. Tragt mich also hinaus in den Weinberg, damit ich dort sterbe. So könnt ihr mich in unserer Kirche begraben.» *(Ebd. 8)*

60. Bruder Rudolf sagte: Als Bruder Dominikus bald sterben sollte, waren seine Brüder um sein Bett geschart und weinten. Ich trocknete ihm mit einem Tuch den Schweiß von der Stirne. Da sagte Dominikus: «Weint nicht, denn ich werde euch an dem Ort, wo ich nun hingehe, nützlicher sein, als ich es hier war.» Es waren viele Brüder dabei, ich erinnere

mich aber nicht der Namen aller. Einer fragte ihn: «Vater, wo sollen wir deinen Leib begraben?» Und er darauf: «Unter den Füßen meiner Brüder.» Als die Brüder im Gebet seine Seele Gott empfahlen, glaube ich noch die Worte gehört zu haben: «Kommt, ihr Heiligen Gottes und ihr Engel des Herrn, und nehmt seine Seele auf, damit ihr sie vor das Angesicht des Allerhöchsten bringt.» Und dann verschied er. Das alles trug sich in einer Zelle des Klosters St. Niklaus zu. Da habe ich auch zum erstenmal gesehen, daß Dominikus auf einem Strohsack lag, was er sonst nie getan hatte. Als es zum Sterben kam, sagte er noch zu seinen Brüdern: «Macht euch bereit!» Und die Brüder taten so, er aber gab seinen Geist auf, die Hände zum Himmel erhoben. *(Ebd. 33)*

61. Dominikus machte solche Fortschritte in der Tugend, aber auch im Ansehen der Leute, daß die Häretiker ihn beneideten. Je gütiger er wurde, um so weniger konnte ihr krankes Auge den Strahl seines Glanzes ertragen. Sie verlachten ihn, und hinter ihm hergehend verhöhnten sie ihn, indem sie aus ihrem schlechten Herzen ihm Schlechtes nachriefen. Um so mehr aber wuchs die Anhänglichkeit der Gläubigen. Alle Katholiken hatten eine große Zuneigung zu ihm. Seine außerordentliche Güte und die Anmut seiner Persönlichkeit berührte auch das Herz der Vornehmsten. Von Erzbischöfen, Bischöfen und andern Prälaten jener Gegenden wurde er hochgeehrt. *(Jordan, Anfänge 36)*

62. Der Graf [Simon von] Monfort brachte Dominikus eine ganz besondere Verehrung entgegen und schenkte ihm und denen, die ihn in seinem Heilswerk unterstützten, das große Schloß Casseneuil. *(Ebd. 37)*

63. Fulko, der Bischof von Toulouse seligen Gedenkens, hatte eine besondere Liebe zu Bruder Dominikus, der von Gott und den Menschen geliebt wurde. Da er die Frömmigkeit, die Gnade und den Eifer für die Predigt von Dominikus und seinen Brüdern sah, freute er sich so sehr über dieses neu aufgehende Licht, daß er ihnen, mit der Zustimmung des ganzen Kapitels, den sechsten Teil aller Zehnten seines Bistums vermachte. Mit diesem Geld sollten sie sich Bücher beschaffen und für ihren Lebensunterhalt sorgen. *(Ebd. 39)*

64. Bruder Ventura aus Verona sagte: Ich bin überzeugt, auf Gottes Güte und Vorsehung ist es zurückzuführen, daß Hugolin, damals Bischof von Ostia und heute Papst, der Patriarch von Aquileia und viele andere ehrwürdige Bischöfe und Äbte zu seiner Beerdigung kamen. Der Bischof von Ostia zelebrierte die Messe, empfahl seine Seele Gott und bestattete ihn. Am kommenden Fest des heiligen Sixtus werden es zwölf Jahre sein, seit er zu Gott einging. *(Prozeß Bologna 8)*

65. Bruder Wilhelm von Monferrato, Priester des Predigerordens und vereidigter Zeuge, sagte: Es sind ungefähr sechzehn Jahre her, seit ich nach Rom ging, um dort die Fastenzeit zu begehen. Der heutige Papst, damals Bischof von Ostia, nahm mich bei sich auf. Zu dieser Zeit war Bruder Dominikus, der Gründer und erste Magister des Predigerordens, an der römischen Kurie. Er kam oft zu dem besagten Bischof von Ostia. Da habe ich ihn kennengelernt; ich schätzte es, mit ihm zu reden, und ich gewann ihn lieb. Immer wieder redeten wir über unser und der anderen Menschen Seelenheil. *(Ebd. 12)*

66. Wilhelm, Bischof von Sabina, war ein großer Freund des seligen Dominikus und seines Ordens. Dieser vertraute Umgang zwischen den beiden hatte an der Römischen Kurie begonnen *(Gerard von Frachet, Chronica secunda, 334)*

67. Wilhelm, damals Bischof von Modena, heute Bischof und Kardinal von Sabina, beobachtete den Lebenswandel des heiligen Dominikus und bat ihn, ihn in den Kreis der «Verbrüderten» des Ordens aufzunehmen. Der Heilige gewährte es ihm gern und übertrug ihm, wie einem Vater, die Kurienangelegenheiten des Ordens. Der Bischof kommt dieser Aufgabe mit Eifer nach bis auf den heutigen Tag. *(Bartholomäus von Trient, Legende 235)*

II MIT GOTT SPRECHEN

Als Chorherr wurde Dominikus von der großen Gebetstradition der Kirche geformt, die neben dem offiziellen liturgischen Gebet die private geistliche Lesung, verbunden mit Betrachtung (lectio divina), pflegte. Das Leben im Chorherrenstift von Osma besaß eine vorrangig kontemplative Ausrichtung. Unterstützt von Sammlung und Schweigen, war es auf die hörende Aufnahme des Wortes Gottes angelegt und begünstigte dessen Eindringen in die Tiefe der Person. Schon in der Chorherrengemeinschaft lebt Dominikus ganz aus dem Evangelium, das seine Kontemplation durchdringt. Später, in der Zeit, als er ständig unterwegs ist, verweilt er in dauernder Verbundenheit mit Gott. Beten und Arbeiten, Denken und Tun bilden in ihm eine Einheit. Alles gründet in der Gottesliebe. Aus Gebet und Betrachtung holt Dominikus die wirksame Kraft für sein Handeln an den Mitmenschen, der Kirche und der Welt und läßt somit ein echteres und anziehenderes Antlitz dieser Kirche in den Augen seiner Zeitgenossen erstehen.

Das Gebet ist für ihn Teil der Verwirklichung der damaligen Devise der apostolischen Lebensweise «Durch Wort und Beispiel (verbo et exemplo)» und seines eigenen Wahlspruchs «Mit Gott oder von Gott sprechen». Er veranlaßt die Einfügung dieses Wahlspruchs in die Konstitutionen seines Ordens. Der Ausspruch wird bereits dem Einsiedler Stephan von Muret († 1124) in den Mund gelegt. Doch bekommt er bei Dominikus eine ganz neue Färbung. Während für den heiligen Stephan das Sprechen von Gott nur dann nötig wurde, wenn seine Einsiedler gelegentlich mit Außen-

stehenden in Kontakt treten mußten, stellt es für Dominikus die eigentliche Aufgabe dar, die er seinem Orden zum Ziel setzt; aber dem Sprechen von Gott geht das Sprechen mit Gott voraus, ohne daß das eine sich vom anderen trennen ließe. Da sein Wort aus der inneren Erfahrung mit Gott im Gebet hervorgeht, wird es zugleich zum Zeugnis, hinter dem sein Leben steht, ein Zusammenklang, der notwendig ist, damit das Wort bei den Hörern ankommt. Wie die Zeugenaussagen beweisen, durchläuft sein Beten die ganze Skala der Gefühle, von der Heiterkeit bis zur Trauer; Dominikus bleibt aber nicht im Emotionalen stecken, sondern wird durch das Gebet immer wieder zum Handeln angeregt. Das Gebet gibt ihm das mutige Vertrauen und die innere Sicherheit, sich ohne Zögern zu entscheiden, so daß die Zeitgenossen sein Verhalten auf eine Offenbarung des Geistes zurückführen. Weil seine menschlich kluge und richtige Einschätzung der Realität sich in Gebet und Kontemplation zunehmend verfeinert, erscheint sein Handeln dem Urteil seiner Umgebung getragen von prophetischer Schau. Auf dem Weg in die Zukunft, den er beschreitet, kennt er keine Resignation, dafür feste Entschlossenheit, die sich auf die Mitmenschen überträgt.

68. Bruder Ventura aus Verona sagte: Auch auf der Reise feierte er fast jeden Tag die Messe, wenn er eine Kirche fand. Wenn er die Messe sang, vergoß er viele Tränen. Nächtigte er in einem Hospiz, bei dem eine Kirche war, ging er immer in die Kirche, um zu beten. Und fast immer, wenn er außerhalb des Konventes war und den ersten Glockenschlag für die Matutin von irgendeinem Kloster vernahm, stand er auf, ermunterte seine Brüder und feierte dann mit Hingabe das ganze Tages- und Nachtoffizium, ohne etwas auszulassen, aber immer den Tageszeiten entsprechend. Nach der Komplet bewahrte er Stillschweigen und forderte auch seine Brü-

der dazu auf, und zwar ungeachtet, ob er auf der Reise oder in einem Konvent war. *(Prozeß Bologna 3)*

69. Bruder Wilhelm von Monferrato sagte: Wenn immer ich mit ihm das Schlafgemach teilen mußte, betete er zuerst lange, sehr oft, indem er weinte und seufzte, so daß er nicht selten mich und die andern mit seinen Lauten weckte. Ich glaube, daß er mehr Zeit im Gebet verbrachte als im Schlaf. Er schlief angezogen, trug die Kappa und den Gürtel und die Schuhe. Er lag auf dem Boden, ohne Matratze, Brett oder Stroh. Das Stillschweigen hielt er in den Zeiten, wo es vorgeschrieben war, immer ein; er vermied unnütze Worte und sprach immer nur mit Gott oder von Gott. *(Ebd. 13)*

70. Bruder Bonivisus sagte: Wenn die Brüder nach der Komplet die Kirche verließen, um schlafen zu gehen, pflegte sich Bruder Dominikus in der Kirche zu verstecken, um zu beten. Weil ich wissen wollte, was er in der Kirche tat, versteckte auch ich mich in der Kirche. Ich hörte, wie er mit großem Geschrei, mit Tränenvergießen und Seufzen zum Herrn betete. Ich bin fest überzeugt, daß er öfters die ganze Nacht betend in der Kirche verbrachte. Das war auch unter den Brüdern bekannt. *(Ebd. 20)*

71. Bruder Johannes von Spanien sagte: Bruder Dominikus oblag dem Gebete Tag und Nacht. Und er betete mehr als die Brüder, mit denen er zusammen war; er wachte auch mehr und empfing häufiger die körperliche Disziplin [Geißelung]. Ich habe ihn oft dabei gesehen. *(Ebd. 25)*

72. Bruder Rudolf sagte: Dominikus hatte die Gewohnheit, oft die Nacht in der Kirche zu verbringen, er betete viel, und

beim Beten vergoß er Tränen und seufzte er. Ich bin ihm oft in die Kirche gefolgt und habe gesehen und gehört, wie er betete und weinte. Oft sah ich ihn auf den Fußspitzen stehend, die Hände im Gebete erhoben. Zuweilen stellte ich mich an seine Seite, um auch zu beten; ich durfte das, weil ich mit ihm sehr vertraut war. Er war ein sehr frommer Mensch und eifrig im Gebet wie kaum ein anderer mir bekannter Mensch. *(Ebd. 31)*

73. Zu Hause oder auf der Reise wollte er immer von Gott oder vom Heil der Menschen reden. Und nie habe ich gehört, daß er ein unnützes oder gar schlechtes Wort, oder etwas, das nur zur Unterhaltung diente, gesagt hätte. *(Ebd. 32)*

74. Bruder Stephan sagte: Es war seine Art, nur von oder mit Gott zu reden, dies innerhalb wie außerhalb des Hauses und auch auf der Reise. Er forderte auch seine Brüder dazu auf und legte das in den Satzungen nieder. Er war eifriger im Gebet als alle Menschen, die ich je gesehen habe. Er hatte die Gepflogenheit, die Brüder nach der Komplet und der gemeinsamen Meditation zum Schlafen zu schicken, selber aber zum Beten in der Kirche zu bleiben. Und während er so nachts betete, wurde er so von Seufzern und Wehklagen ergriffen, daß die Brüder, die in der Nähe schliefen, aufwachten; einige wurden selbst zu Tränen gerührt. Sehr oft verweilte er so im Gebet bis zum Morgen. Aber dessen ungeachtet ging er im morgendlichen Chorgebet von einer Seite zur andern, die Brüder mahnend, kräftig und andächtig zu singen. So selbstverständlich war dieses sein nächtliches Beten, daß ich mich nicht erinnere, ihn je einmal nachts in einem Bett schlafen gesehen zu haben, obwohl eine Schlafstätte für ihn bereit stand, wo zwar nur eine Decke über eine Bettstatt

gebreitet war ohne Strohsack. Ich habe lange Zeit auf dem gleichen Gang gewohnt und immer darauf geachtet, ob ich ihn je im Bett sehen würde. *(Ebd. 37)*

75. Bruder Paul von Venedig sagte: Wenn ich mit ihm auf der Reise war, sah ich ihn immer entweder beten oder predigen oder in sich gekehrt über Gott meditieren. Und ich hörte ihn oft seufzen und stöhnen. Wo immer er war, sprach er nur von Gott oder zu Gott. Dazu forderte er auch seine Brüder auf und ließ das in die Satzungen der Predigerbrüder schreiben. *(Ebd. 41)*

76. Beim Beten weinte er viel. Ich habe ihn oft so gesehen. Zuweilen holte ich ihn aus dem Gebet und sah sein von Tränen nasses Gesicht. Er war auch eifrig im Gebet, wenn er wanderte. Jeden Tag wollte er die Messe singen, wenn er nur eine geeignete Kirche fand. *(Ebd. 42)*

77. Bruder Frugerius von Penna sagte: Er war so eifrig und so andächtig im Gebet, sowohl auf der Reise wie im Konvent, daß ich nie feststellen konnte, daß er in einem Bett gelegen hätte, weder zu Hause noch auswärts, obwohl es für ihn bereit stand. Nur zuweilen, wenn er müde war von den zu langen Nachtwachen, schlief er ein wenig, auf dem Boden oder auf einem Brett. *(Ebd. 46)*

78. Wilhelm Petri, der Abt des Klosters des hl. Paulus, sagte: Ich habe nie einen Menschen gesehen, der so häufig betete und dabei so viele Tränen vergoß wie Dominikus. Wenn er betete, schrie er so, daß er überall gehört wurde. Dabei rief er: «Herr, erbarme dich deines Volkes. Was wird aus den Sündern?» Und so verbrachte er die Nächte wachend, indem er

für die Sünden der andern weinte und jammerte. *(Prozeß Toulouse 18)*

79. Bruder Johannes von Bologna, ein bescheidener und gütiger Mensch, berichtete, er habe sieben Nächte lang gewacht, um zu sehen, was der selige Vater des nachts tue. So sah er, daß er oft stand, zuweilen kniete oder sich hinstreckte, und das so lange, bis der Schlaf ihn übermannte. Wenn er dann wieder erwachte, besuchte er der Reihe nach die Altäre. Das tat er etwa bis Mitternacht. Dann ging er leise zu den Brüdern, die schliefen, und deckte jene zu, die unbedeckt waren. Danach ging er in die Kirche zurück und betete wieder. Da Bruder Johannes des öftern ihm bei der Messe assistierte, habe er gesehen, daß, wenn er den Leib des Herrn genommen hatte und sich dann umdrehte, um Wein und Wasser zu nehmen, Tränen aus seinen Augen geflossen seien. *(Lebensbeschreibungen II, 18)*

80. Der heilige Dominikus war auch «Israel», der Gott in der Kontemplation schaute. Das zeigt ein einzigartiges Beispiel, das in die Hände der nachfolgenden «Sammler» fiel. Er suchte gern die Stätten des Gebetes und der Reliquien der Heiligen auf. Aber er zog dort nicht wie Wolken, die keinen Regen spenden, vorüber; im Gegenteil, er verharrte an diesen Orten nicht nur den Tag hindurch, sondern auch noch in der Nacht. Am liebsten ging er nach Castres in der Diözese Albi, die an die von Toulouse grenzt, um dort den seligen Diakon Vinzenz zu verehren. Dessen Gebeine, das weiß man mit Sicherheit, ruhen in dieser Kirche seit der Zeit des glorreichen Königs Karls des Großen.... In diesem Heiligtum stiftete der Graf von Montfort, der Herr dieser Gegend, nach gallikanischer Tradition eine Pfründe. Bruder Matthäus, der später

der erste und zugleich letzte Abt im Orden der Predigerbrüder werden sollte, war dort Prior. In der Zeit seines Priorats blieb Dominikus einst seiner Gewohnheit gemäß nach der Messe in der Kirche und betete vor dem Altare. Als es dann schon später wurde und der Mittagstisch bereitet war, schickte der Prior einen Kleriker, den Heiligen zum Essen zu rufen. Wie dieser nun die Kirche betrat, sah er Dominikus von der Erde erhoben, etwa eine halbe Elle hoch. Staunend, aber auch beängstigt meldete er das seinem Vorgesetzten, der seinerseits, nachdem er ein wenig gewartet hatte, hinging und ihn eine Elle hoch über dem Boden schwebend sah. Er blieb da und wartete, bis der Heilige, von seiner himmlischen Wohnung in seine körperliche Behausung zurückgekehrt, vor dem Altare hingestreckt lag. – Der Prior selber war davon so beeindruckt, daß er sich bald Dominikus anschloß, der das Brot des Lebens und das Wasser des Himmels ihm und allen versprach, die er in den Orden aufnahm; denn so hielt er es immer, wenn er Brüder aufnahm und ihnen das Ordenskleid gab. *(Salagnac-Gui, Die vier Merkmale I, 9)*

Die neun Gebetsweisen des Dominikus

Der Text der «Neun Gebetsweisen des hl. Dominikus», wie er uns heute auf lateinisch zugänglich ist, geht auf einen Dominikaner des 13. Jahrhunderts zurück, wahrscheinlich Aldobrandinus von Tuscanella. Er inspiriert sich eindeutig an den Zeugenaussagen im Heiligsprechungsprozeß von Bologna, wie die Nummern 68–80 zeigen. Handschriftlich ist der Text erst um 1300 nachweisbar, meist als Anhang zur «Legende des Heiligen» von Dietrich von

Apolda (um 1297). In der ersten Hälfte des 14. Jahrhunderts wurde er von einem katalanischen Buchmaler illustriert, der von der mozarabischen Architektur und Dekorationskunst beeinflußt war. Mit diesen sehr schönen Darstellungen ist er im Codex Rossianus 3 der Vatikanischen Bibliothek zu sehen.

Ins Kastilische ist er schon im 14. Jahrhundert übersetzt und auch illustriert worden (Madrid, Santo Domingo el Real). Eine freie italienische Übersetzung gibt es aus dem 15. Jahrhundert (Bologna, San Domenico), und zwar bereits mit vierzehn Gebetsweisen. Die Darstellungen des hl. Dominikus von Fra Angelico in den Zellen von San Marco in Florenz sind stark von diesem Text beeinflußt. Unsere Übersetzung ist mit Abbildungen vom jungen Amerikaner Jerome Newell versehen, der sie nach dem Vorbild des Codex Rossianus für eine englische Ausgabe von Andrew M. Kolzow OP gemacht hat.

Dominikus betete als ganzer Mensch, mit Leib und Seele, ohne jeden Zwiespalt. Das zeigen die neun Weisen sehr eindrücklich. Bei ihm geschieht nichts im Geiste, ohne daß der Leib dabei ist, und nichts geschieht im Leib ohne den Geist. So besteht bei ihm eine Übereinstimmung zwischen Haltung und Sinn, auch im Gebet, und diese spiegelt sich in seinem ganzen Körper wider. Den verschiedenen Arten des Betens (z. B. Meditation, Anbetung, Fürbitte, Betrachtung usw.) entsprechen verschiedene Körperhaltungen. Bestimmte Gebetsanliegen finden ihren Ausdruck in einer entsprechenden Form seiner Haltung. Auch die Anliegen des kontemplativen Menschen sind oft apostolisch.

Was bei den beschriebenen Gebetsweisen besonders beeindruckt, ist der Versuch, mit einer bestimmten Gebetshaltung die Nähe zum Evangelium und den Psalmen zum Ausdruck zu bringen. Dazu unterscheidet der Text deutlich zwischen einer Grundhaltung, das Evangelium zu leben, die Dominikus vor allem durch sein Beispiel lehrte, und dem, was der Orden als Gebetsformen von ihm übernahm. Es ist einsichtig, warum sein Beispiel so stark beeindruckte.

Der in der Einleitung des Textes erwähnte Wilhelm ist Wilhelm Peyraut (Guillelmus Peraldus) OP, Autor der Summa de Vitiis und einer Summa de Virtutibus, entstanden um 1250. Dies war eines der bekanntesten religiösen Bücher seiner Zeit; nach Tugwell gibt es allein in Oxford 21 Manuskripte, und die letzte von unzähligen Editionen erschien 1668. Danach geriet er in Vergessenheit; 1261 war er Prior von Lyon.
Die Psalmenverse und andere Bibelstellen sind im Manuskript nach der Vulgata zitiert und nach ihr numeriert. Zur ersten Gebetsweise bemerkt Tugwell, daß zur Zeit des Dominikus auf dem Altar noch kein Tabernakel mit dem Allerheiligsten stand. Es ist der Altar selber, der als Symbol der Gegenwart Christi verehrt wird.
Zur dritten Gebetsweise findet der heutige Mensch nur schwer einen Zugang. Es handelt sich da um einen Brauch, der im 10. Jahrhundert aufkam. Interessant ist, daß die ersten Grundkonstitutionen des Predigerordens, die noch unter Dominikus abgefaßt wurden, die Selbstgeißelung nicht vorschreiben; sie wird nur als Bußakt für ganz bestimmte Fehler erwähnt.
Dominikus sandte selbst Novizen zum Predigen aus; das zeugt von seinem großen Vertrauen in das Wirken des Geistes, den er für sie im Gebet erflehte, wie es in der vierten Gebetsweise heißt.
In der achten Gebetsweise werden die klassischen vier Elemente der mittelalterlichen Hinführung zu Gott erwähnt: Lesung, Gebet, Meditation und Kontemplation; manchmal ist es das Gebet, das aus der Meditation hervorgeht. Die Lesung (lectio) ist ein wichtiges Element dieses spirituellen Weges, wie es auch in den Darstellungen des Fra Angelico zum Ausdruck kommt.

81. Heilige Kirchenlehrer wie Augustinus, Ambrosius, Gregor, Hilarius, Isidor, Johannes Chrysostomos und Johannes der Damaszener, Bernhard und andere fromme griechische wie lateinische Lehrer haben ausführlich über das Gebet gesprochen. Sie empfehlen es eindringlich, beschreiben seine Notwendigkeit und seinen Nutzen, die Art und Weise des Betens, wie man sich darauf vorbereitet, und auch die entsprechenden Schwierigkeiten und Hindernisse. Aber auch unser berühmter und geachteter Lehrer Bruder Thomas von Aquin und Albert vom Orden der Predigerbrüder in ihren

Schriften wie Wilhelm in seiner Abhandlung von den Tugenden legen sehr eindrücklich, auf eine schöne und gründliche, heilige Weise jene Formen des Betens dar, bei denen der Geist sich der Glieder des Körpers bedient, um so inniger zu Gott zu gelangen; denn wo der Geist den Körper bewegt, wird er seinerseits vom Körper bewegt, bis er in Ekstase gerät wie manchmal bei Paulus oder in Verzückung wie beim Propheten David. Auf diese Weise hat oft auch Dominikus gebetet, und darüber wird im folgenden einiges gesagt.

Denn auch von den Heiligen des Alten und Neuen Testamentes heißt es, sie hätten manchmal auf solche Weise gebetet. So zu beten fördert die Haltung der Hingabe, weil einerseits der Geist auf den Körper, andererseits der Körper auf den Geist einwirkt. Wenn Dominikus in dieser Weise betete, war er oft leidenschaftlich bis zu Tränen gerührt, und die Innigkeit seines guten Willens steigerte sich dermaßen, daß er diese innere Erregung nicht mehr verbergen konnte; dann wurde seine ganze Hingabe in den Gliedern seines Körpers sichtbar. Während er so betete, erhob sich sein Geist in Bitten, Fürbitten und Danksagung.

Die folgenden beschriebenen Gebetsweisen pflegte Dominikus neben den üblichen, aber ebenso intensiven Formen des Betens in der Feier der hl. Messe und im Psalmengebet. Da erschien er oft plötzlich von einem inneren Eifer gepackt, außer sich, zu Gott und den Engeln erhoben, sei es nun im Chor oder auf der Straße.

Die erste Gebetsweise

Seine erste Gebetsweise bestand darin, sich demütig vor dem Altar zu verneigen, als wäre Christus, den der Altar zeichenhaft darstellt, nicht nur in dieser symbolischen Gestalt, sondern wirklich und persönlich anwesend. Und in den Worten Judiths sprach er: «Die Bitte der Geringen und Sanftmütigen

findet bei dir immer Wohlgefallen» (Jdt 9,16). In Demut haben die kananäische Frau und der verlorene Sohn erhalten, was sie erbaten; denn «Ich bin nicht würdig, daß du eingehst unter mein Dach» (Mt 8,8), und «Herr, vor dir bin ich in Demut tief gebeugt» (Ps 146,6).

So stand unser heiliger Vater aufrecht da, neigte sein Haupt, um demütig Christus als sein Haupt zu verehren, indem er seine Wenigkeit im Lichte der Erhabenheit Christi betrachtete und sich ganz dieser Verehrung hingab. Er hielt die Brüder an, ein Gleiches zu tun, wenn immer sie dem Kreuz, dem Zeichen der Demütigung Christi, begegneten, damit Christus, der für uns so tief gedemütigt wurde, uns vor seiner Erhabenheit demütig sehe. In gleicher Weise wies er seine Brüder an, sich demütig vor der ganzen Dreifaltigkeit zu verneigen, wenn sie feierlich das «Ehre sei dem Vater und dem Sohne und dem Heiligen Geiste» beteten. So wie es im Bild dargestellt ist, begann er sein Gebet; er neigte sein Haupt und sprach Dankesworte.

Die zweite Gebetsweise

Oft betete der hl. Dominikus, indem er sich ganz ausgestreckt auf den Boden warf, das Gesicht der Erde zugekehrt. Dann war sein Herz von tiefer Reue gerührt, und er erinnerte sich

der Worte des Evangeliums, die er oft so laut vor sich hersagte, daß man sie gut verstehen konnte: «O Gott, sei mir armem Sünder gnädig!» (Lk 18,13). Und wieder sprach er voll Ehrfurcht und Hingabe die Worte Davids: «Ich bin es, der vor dir gesündigt und ungerecht gehandelt hat» (Ps 50,5). Dann weinte er und seufzte heftig und sagte danach: «Ich bin nicht würdig, auf die Höhen des Himmels zu sehen, wegen der Größe meiner Sünde, denn ich habe deinen Zorn erregt und vor dir Böses getan.» Und aus dem Psalm «Gott, mit unseren Ohren haben wir es gehört...» betete er mit starker und ergebener Stimme: «Denn meine Seele ist in den Staub gebeugt, mein Leib klebt an der Erde» (Ps 43,2.26). Und weiter: «Meine Seele klebt am Staube, belebe mich nach deinem Wort» (Ps 118,25).

Manchmal wenn er die Brüder lehren wollte, wie sie mit Ehrfurcht beten sollten, sagte er ihnen: «Als die Weisen, jene ehrfürchtigen Könige, das Haus betraten, fanden sie das Kind mit seiner Mutter, und sie warfen sich nieder und huldigten ihm» (Mt 2,11). Auch wir wissen, daß wir ihn gefunden haben, Gott und Mensch mit Maria, seiner Magd. «Kommt laßt uns anbeten und niederfallen vor Gott, wehklagen vor dem Herrn, der uns geschaffen hat» (Ps 94,6). Die jüngeren Brüder ermahnte er auch mit den Worten: «Wenn ihr eure Sünden nicht beklagen könnt, weil ihr keine habt, dann denkt an die vielen Sünder, die der Barmherzigkeit und der Liebe zugeführt werden können. Für sie haben die Propheten und die Apostel gewehklagt, und als Jesus sie sah, weinte er bitterlich.» In gleicher Weise flehte der hl. David, wenn er sagte: «Ich sah die Abtrünnigen, und große Trauer überkam mich» (Ps 118,158).

Die dritte Gebetsweise

Im gleichen Sinne und im Anschluß an das soeben beschriebene Gebet erhob er sich vom Boden und geißelte sich mit einer Eisenkette, indem er sprach: «Deine Zucht richtet mich

aus aufs Ziel» (Ps 17,36). Deshalb wurde im ganzen Orden verordnet, daß sich alle Brüder in verehrender Erinnerung an das Beispiel des hl. Dominikus an den Ferialtagen nach der

Komplet mit einer mit Holzkugeln bestückten Geißel auf die nackten Schultern Bußschläge erteilen sollten, und das, indem sie den Psalm «Miserere mei Deus» («Erbarme dich meiner, o Gott») oder das «De Profundis» («Aus der Tiefe rufe ich zu dir») beteten. Das taten sie für ihre eigenen Sünden oder für die Sünden jener, von deren Gaben sie lebten. So sollte sich keiner diesem heiligen Beispiel entziehen, mochte er auch noch so unschuldig sein. Sein Beispiel ist im Bild dargestellt.

Die vierte Gebetsweise

Danach stellte sich der hl. Dominikus vor den Altar hin oder stand im Kapitelssaal vor dem Kreuz und richtete seinen Blick ganz aufmerksam auf den Gekreuzigten. Dabei machte

er die Kniebeuge, oft auch mehrere hintereinander. Sehr oft verbrachte er so die ganze Zeit nach der Komplet bis Mitternacht, indem er eine Zeitlang aufrecht stand, dann wieder kniete wie der Apostel Jakobus oder der Aussätzige des Evangeliums, der auf den Knien bat: «Herr, wenn du willst, kannst du mich rein machen» (Lk 5,12). Und wie Stephanus, der sich auf die Knie warf und mit lauter Stimme rief: «Herr, rechne ihnen diese Sünde nicht an!» (Apg 7,60). In dieser Weise wuchs in unserem heiligen Vater Dominikus ein großes Vertrauen in die Barmherzigkeit Gottes, daß sie sich ihm und all den Sündern zuwende und seine jüngsten Brüder bewahre, die er überallhin zu den Menschen zur Verkündigung der Frohbotschaft gesandt hatte. Manchmal konnte er seine Stimme nicht mehr zurückhalten, und dann hörten ihn seine Brüder beten: «Zu dir, o Herr, will ich rufen, schweige mir nicht, denn wenn du mich im Schweigen verläßt... usw.» (Ps 27,1), und ähnliche Worte der Heiligen Schrift sprach er laut vor sich hin.

Zu anderen Zeiten redete er zu seinem Herzen, und seine Stimme war nicht zu vernehmen. Da verweilte er auf seinen Knien, ganz in sich selbst versunken, und das über längere Zeit. In solchen Momenten, wenn er so betete, schien es, als hätte sein Geist den Himmel durchdrungen; sein Gesicht erstrahlte plötzlich in Freude, und er wischte sich die überströmenden Tränen vom Gesicht. Es war, als empfände er ein großes Verlangen, wie es der Durstige verspürt, der endlich den Brunnen erreicht, oder der Wanderer, der sich nach langer Reise seiner Heimat nähert. Sein Gebet wurde noch inniger und intensiver, was sich in seinen zusehends bewegteren, aber doch würdevollen Gesten zeigte; dazu erhob er sich oft und kniete wieder hin.

Das Kniebeugen war ihm so zur Gewohnheit geworden, daß er selbst auf Reisen, in den Gaststätten nach einem beschwerlichem Tag oder auch auf dem Weg selber, wenn die anderen schliefen und sich ausruhten, zu dieser besonderen Gebetsweise zurückfand; sie war Ausdruck seines persönlichen Dienstes der Anbetung. Und diese Gebetsweise lehrte er seine Brüder mehr durch sein Beispiel als mit vielen Worten.

Die fünfte Gebetsweise

Manchmal, wenn der heilige Vater Dominikus sich in einem Konvent befand, stellte er sich mit seinem ganzen Körper aufrecht stehend vor den Altar hin, ohne sich irgendwie ab-

zustützen oder anzulehnen. Dann hielt er seine Hände vor die Brust wie ein offenes Buch und verweilte so andächtig und tiefversunken, als würde er tatsächlich in der Anwesenheit Gottes lesen. Man konnte beobachten, wie er im Beten das Wort Gottes betrachtete, indem er sich selbst die Worte der Schrift mit viel Feingefühl und innerer Freude immer wieder vorsagte. Regelmäßig betete er so, weil es die Weise unseres Herrn war, wie wir es bei Lukas nachlesen können: «Und Jesus ging nach seiner Gewohnheit (d.h. am Sabbat) in die Synagoge; dort stand er auf, um vorzulesen» (Lk 4,16). Und in den Psalmen heißt es: «Da stand Phinees auf und betete, und die Plage nahm ein Ende» (Ps 105,30).
Dann legte Dominikus seine Hände fest aneinander und hielt sie so verbunden vor seine Augen, ganz in sich selbst versunken; oft breitete er sie auch auf der Höhe der Schultern aus, wie es der Priester beim Messelesen zu tun pflegte, und er schien dabei mit seinen Ohren aufmerksam hinzuhören, als

ob vom Altar her etwas Besonderes zu vernehmen wäre. Wer ihn so in Andacht versunken, aufrecht dastehen und beten sah, der konnte gewiß denken, er sehe einen Propheten, der mit einem Engel oder mit Gott selbst im Gespräch verweilte; mal schien er zu reden, dann wieder hinzuhören oder still zu überdenken, was ihm gerade offenbart worden war. Auf Reisen entfernte er sich oft heimlich, um Zeit fürs Gebet zu finden, und er war augenblicklich so davon eingenommen, als wäre er mit ganzem Herzen auf den Himmel ausgerichtet. Hätte man ihn da reden hören können, seine sanfte Stimme hätte in tiefer Bewegtheit einige der wunderbarsten Worte, meistens vom Kern der Heiligen Schrift, preisgegeben, so als würden sie ihm frisch von «der Quelle des Erlösers» geschenkt. Die Brüder waren tief berührt, wenn sie ihren Vater und Meister in solchen Momenten des Betens erleben durften; und für die Getreuen unter ihnen war es der beste Weg zu lernen, was ehrfürchtiges und immerwährendes Beten bedeutet: «Wie die Augen der Magd zu ihrer Gebieterin Hand und wie die Augen der Knechte hin zur Hand ihres Herrn...» (Ps 122,2).

Die sechste Gebetsweise

Sehr oft konnte man den heiligen Vater Dominikus beobachten, wie er beim Gebet die Arme und Hände in der Form des Kreuzes weit ausstreckte und dabei bemüht war, möglichst aufrecht zu stehen. Auf diese Weise betete er, als Gott auf seine Fürbitte in St. Sixtus zu Rom den Knaben Napoleon zum Leben erweckte; er betete so in der Sakristei und in der Kirche während der Feier der hl. Messe. In dieser Stellung wurde er auch vom Boden abgehoben, wie es die fromme

und heilige Schwester Cäcilia erzählte, die dabei war und es mit vielen anderen gesehen hat. Wie Elias, als er den Sohn der Witwe zum Leben erweckte, streckte Dominikus seine Arme aus und legte sich auf den Knaben. Auf ähnliche Weise betete er, als er in der Nähe von Toulouse englische Pilger vom Ertrinken im Fluß errettete. Ebenso betete der Herr, am Kreuze hängend, Arme und Hände ausgestreckt, mit lautem Rufen und Wehklagen und in Tränen; und er wurde erhört und errettet aus der Not wegen seiner Demütigung.

Der hl. Dominikus pflegte nur dann auf diese Weise zu beten, wenn er aus einer Eingebung Gottes erahnte, daß etwas Großes und Wunderbares durch die Kraft seiner Fürbitte geschehen sollte. Er hat seinen Brüdern nicht verboten, so zu beten, doch hat er sie dazu auch nicht ermuntert. Wir wissen nicht, was er sagte, als er den Knaben betend zum Leben erweckte und mit ausgestreckten Armen und Händen in der Form des Kreuzes dastand. Vielleicht sprach er die Worte des Elias: «Herr, mein Gott, ich bitte dich, laß die Seele dieses Knaben in seinen Körper zurückkehren» (1 Kön 17,21). Alle konnten sehen, wie er sich jener Ausdrucksform im Beten bediente, doch weder Brüder und Schwestern noch Herren und Kardinäle oder irgend jemand von denen, die sich in seiner Nähe aufhielten und die für sie so fromme und auch wundersame Gebetsweise beobachteten, konnte sich der Worte erinnern, die er ausgesprochen hatte. Nachträglich fanden sie es nicht angebracht, den heiligmäßigen und bewunderungswürdigen Dominikus zu befragen, denn bei allen hatte es große Ehrfurcht und Achtung für seine Person hervorgerufen.

Die Worte der Psalmen, die jene Gebetsweise zum Ausdruck bringen, trug er jeweils mit viel Bedacht und besonderem Nachdruck vor, und so sprach er: «Herr, mein Gott und mein Heil, bei Tag rufe ich zu dir, und des Nachts schreie ich vor dir»... bis zum Vers: «den ganzen Tag rufe ich dich an, Herr, und zu dir strecke ich meine Hände aus» (Ps 87,2–10). Und weiter: «Herr, erhöre mein Gebet, vernimm mein Flehen... nach dir breite ich meine Hände aus... eile, erhöre mich, Herr» (Ps 142,1–7).

Damit konnte jeder fromme Mensch das Beten und die Lehre unseres Vaters in dieser Gebetsform nachvollziehen, wenn er durch die Kraft des Gebetes sich wundersam zu Gott hingezogen fühlte, oder besser, wenn er durch eine geheimnisvolle Eingebung spürte, wie Gott, der Erhabene, ihn bewegte, für sich selber oder jemand anderen eine bestimmte Gnade zu erlangen. Wenn Dominikus so betete, dann leuchtete in ihm die Liebe Davids, das Feuer Elias', die Liebe Christi und seine eigene Hingabe an Gott auf. Das Bild illustriert das.

Die siebte Gebetsweise

Oft sah man ihn auch sich im Gebet in seiner ganzen Größe zum Himmel recken, wie ein Pfeil, der vom gespannten Bogen geradewegs in die Höhe schnellt: Seine Hände waren über seinem Kopf hochgestreckt, fest zusammengehalten

oder leicht geöffnet, so als wollte er etwas vom Himmel in Empfang nehmen. Dabei, so glaubte man, vermehrte sich in ihm die Gnade, und entrückt erhielt er von Gott für seinen Orden, den er gegründet hatte, die Gaben des Heiligen Geistes, damit er selbst und seine Brüder im Leben der Seligpreisungen die Kostbarkeit der Sanftmut erfahren und sich in äußerster Armut, in bitterer Trauer, schwerer Verfolgung, in großem Hunger und Durst nach Gerechtigkeit sowie in besorgtem Mitleid stets glücklich schätzen; und daß sie im eifrigen Beachten der Gebote und dem Erfüllen der evangelischen Räte ihre wahre Freude finden könnten. In solchen Momenten schien der heilige Vater plötzlich wie ins Allerheiligste und in den dritten Himmel entrückt. Wenn er so gebetet hatte, dann handelte er nach der Weise eines wahren Propheten, sei es nun im Predigen, im Gewähren einer Dispens, oder wenn er seine Mitbrüder zurechtwies.

Er konnte in dieser Gebetsweise nicht lange verharren, und er war dabei so in sich gekehrt, daß es schien, als würde er von einer langen Reise zurückkehren; dann glich sein Gebaren dem eines Fremden, was man an seinem Gesichtsausdruck und seinem Benehmen ablesen konnte. Seine Brüder hörten ihn laut beten und wie der Prophet rufen: «Höre mein lautes Flehen, Herr, wenn ich zu dir rufe und meine Hände erhebe zu deinem heiligen Tempel» (Ps 27,2). Und er lehrte seine Brüder durch sein heiliges Beispiel und mit Worten, beständig zu beten, und er wiederholte immer wieder die folgenden Psalmenverse: «Auf, lobet den Herrn, all ihr Knechte des Herrn...» (Ps 133,1) und weiter: «Herr, ich rufe zu dir, erhöre mich, merk auf meine Stimme, denn ich schreie nach dir...» usw. bis: «des Nachts erhebt eure Hände zum Heiligtum...» und «...meine Hände erhebe ich zum Abendopfer» (Ps 140,1–2). Zum besseren Verständnis zeigt uns die Darstellung diese Gebetsweise.

Die achte Gebetsweise

Der heilige Vater Dominikus kannte noch eine andere schöne, erhabene und offenherzige Gebetsweise, die er vor allem in der Zeit nach dem liturgischen Chorgebet oder nach der

gemeinsamen Danksagung bei Tisch pflegte. Bedacht und gleichzeitig doch angeregt in seinem Geiste von den göttlichen Worten, die soeben im Chor oder im Refektorium gesungen worden waren, zog er sich im Geist der Hingabe schnell an einen einsamen Ort zurück und setzte sich in einer

Zelle oder sonst irgendwohin, um in sich gesammelt und in der Gegenwart Gottes zu lesen und zu beten. Da saß er dann ruhig und öffnete ein Buch, nachdem er sich zuerst bekreuzigt hatte; so las er und ließ sein Gemüt vom Gelesenen sanft bewegen, als könnte er den Herrn selber zu sich reden hören, wie es im Psalm heißt: «Lauschen will ich auf das, was der Herr, mein Gott in mir spricht...» (Ps 84,9). Es war, als würde er mit einem Gefährten ein bewegtes Gespräch führen; manchmal war seine Stimme und sein Gebaren ungeduldig, dann hörte er wieder ruhig hin, diskutierte und argumentierte, lachte und weinte gleichzeitig, richtete seinen Blick fest auf etwas Bestimmtes oder senkte seinen Kopf; dann redete er wieder ruhig vor sich hin und schlug sich an die Brust. Hätte ihn ein Neugieriger beobachten wollen, er hätte gesehen, wie der heilige Vater Dominikus Mose gleich in das Innere der Wüste vorstieß, zum Gottesberg Horeb kam und da den brennenden Dornbusch sah, in dem der Herr zu ihm sprach und vor dem er sich niederwarf. Der Gottesberg stellt die prophetische Weise dar, wie man leicht von der Lesung zum Gebet, vom Gebet zur Meditation und von der Meditation zur Kontemplation gelangen kann. Wenn er so alleine las, verneigte er sich oft vor dem Buch und küßte es, um ihm die Ehre zu erweisen, besonders wenn es das Evangelienbuch war oder wenn er mit seinen eigenen Lippen Worte Christi aussprach. Manchmal wendete er sein Gesicht ab und verbarg es in seiner Kappa, oder er legte sein Antlitz in seine Hände und verhüllte es wiederum leicht mit seiner Kapuze. Dann weinte er auch aus innerster Sorge und voller Sehnsucht. Darauf stand er wieder ehrfurchtsvoll auf und neigte sein Haupt, als wollte er einer vornehmen Person für erhaltene Wohltaten danken. Und wieder ganz in sich zur Ruhe gekommen und entspannt, setzte er seine Lektüre im Buch fort.

Die neunte Gebetsweise

In der folgenden Weise betete Dominikus, wenn er von Land zu Land reiste, vor allem, wenn er in eine einsame Gegend kam; da widmete er sich ganz der Meditation, ja der

Kontemplation, und sagte dann oft zu seinem Weggefährten: «Es steht bei Hosea geschrieben: ‹Ich werde sie in die Einsamkeit führen und zu ihrem Herzen sprechen›» (Hos 2,14). Darauf wandte er sich von seinem Gefährten ab, ging ihm voran, oder öfters folgte er ihm auf Distanz, und indem er alleine dahinschritt, betete er im Gehen und lebte in der Meditation auf, als würde in ihm ein Feuer entfacht. Wenn er so im Gebet versunken wanderte, machte er zuweilen Handbewegungen, als wollte er glimmende Asche und Fliegen vor seinem Gesicht verscheuchen; er schien sich auch mit dem Kreuzzeichen zu wehren.

Nach der Meinung der Brüder erreichte der Heilige in dieser Gebetsweise die Fülle der Heiligen Schrift und gelangte zum Mark der Einsicht in die göttlichen Worte; sie schenkte ihm auch die Kraft und den Mut zur überzeugenden Predigt und einen vertrauten Umgang mit den Tiefen des Hl. Geistes im Erkennen von verborgenen Geheimnissen.

Die Kraft seines Betens

82. Der selige Vater nahm einst einen Mann aus Apulien, später Bruder Thomas genannt, in den Orden auf, den er ob seiner Unschuld und Einfachheit so sehr liebte, daß die andern Brüder ihn «Sohn des Dominikus» nannten. Eines Tages ergriffen nun einige von dessen früheren Gefährten, Boten des Teufels, die Gelegenheit und zerrten ihn mit Heimtücke und Gewalt in einen Weinberg. Dort raubten sie ihm seine religiösen Gewänder und steckten ihn in weltliche. Als es ihnen zu Ohren kam, eilten die Brüder zu Dominikus und berichteten: «Dein Sohn ist von seinen Kameraden in die Welt zurückgerissen worden.» Darauf ging der Heilige in die Kirche und streckte sich am Boden zum Gebet aus. Und nicht vergebens; denn wie groß die Kraft seines Gebetes war, zeigte sich an seiner Wirkung. Als man dem jungen Mann nämlich ein Hemd anzog, schrie er laut: «Ich werde lebendig verbrannt!» Und er ließ sich nicht beruhigen, bis man ihm das Hemd wieder abnahm, die religiösen Gewänder anzog und ins Kloster zurückführte. Noch lange Zeit lebte jener als ein nützlicher und liebenswürdiger Bruder. *(Lebensbeschreibungen II, 11)*

83. Als unser Vater Dominikus auf einer Reise durch Frankreich nach Castillion gekommen war, trug sich folgendes zu: Er war bei einem Kaplan zu Gast, als der Sohn von dessen Schwester vom Dach heruntergefallen war und wie ein Toter von der Mutter und den Verwandten beklagt wurde. Dominikus hatte Mitleid mit ihnen. Er legte sich auf den Boden hin zum Gebet und wurde von Gott erhört, so daß er den Knaben der Mutter unversehrt zurückgeben konnte. Die

Trauer wandelte sich in Freude. Der Priester, der Onkel des Knaben, veranstaltete ein großes Festessen, zu dem er viele gottesfürchtige Leute einlud. Die Mutter des Knaben konnte dabei aber nicht wie die andern von den Aalen essen, da sie an einem Fieber litt. Da machte der selige Dominikus mit einem Stück Aal das Kreuzzeichen und gab den Fisch der Frau und sagte: «Iß in der Kraft unseres Herrn und Erlösers!» Sie aß und war vom Fieber geheilt *(Ebd. II, 12)*

84. Der frühere Abt von Casamari und päpstliche Legat in Deutschland, der jetzige Bischof und Kardinal von Alatri, berichtete, daß er sich auf der Reise nach Deutschland befand, wohin ihn der Papst Honorius als Nuntius gesandt hatte, und daß er so nach Bologna kam, wo er den von Gott geliebten Mann Dominikus antraf. Er war mit ihm bereits von seinem früheren Aufenthalt in Rom her sehr vertraut und suchte ihn in seinem Kloster auf. Damals lehrte in Bologna Professor Konrad der Deutsche, den die Brüder gern in den Orden aufgenommen hätten. Am Tage vor Mariae Himmelfahrt saßen Dominikus und der Nuntius beisammen und unterhielten sich über Fragen des geistlichen Lebens. Im Laufe des Gesprächs kamen sie auch auf das Gebet zu sprechen; dabei sagte Dominikus: «Prior, ich will euch etwas bekennen, was ich bisher niemandem gesagt habe; aber auch ihr dürft es vor meinem Tode niemandem weitersagen. In meinem ganzen Leben habe ich nicht ein einziges Mal Gott um etwas angefleht, was ich nicht wunschgemäß erhalten hätte.» Der Nuntius war nicht wenig erstaunt und überrascht, es fiel ihm aber sofort auch der Wunsch der Brüder von Sankt Niklaus ein, die gern den Professor Konrad zu den ihren gezählt hätten. Er faßte also die Gelegenheit beim Schopf und sprach: «Vater, dann bittet Gott, euch den Professor Konrad zu ge-

ben, nach dem eure Brüder so sehr verlangen.» Er antwortete: «Teurer Bruder, ihr verlangt sehr viel. Wenn ihr aber die kommende Nacht mit mir im Gebet verbringen wollt, vertraue ich auf den Herrn, daß er uns nicht enttäuschen wird.» Nach der Komplet verließen alle Brüder die Kirche, die beiden blieben allein zurück. Dominikus betete die ganze Nacht hindurch. Die feierliche Matutin vor Tagesanbruch war gesungen, und die Brüder kamen beim Morgengrauen in das Chor, um die Prim zu beten. Der Kantor hatte gerade den Hymnus *Iam lucis orto sidere* angestimmt, da tauchte tatsächlich ein neues Licht in Gestalt des Professors Konrad auf. Er kam sofort ins Chor, warf sich Dominikus zu Füßen und bat inständig um das Ordenskleid, das Dominikus ihm auch sofort gab *(Konstantin von Orvieto, Legende 58)*

85. Ein französischer Dekan ging nach Rom und traf Dominikus, als er in Modena predigte. Er ging zu ihm und sprach mit ihm über das Heil seiner Seele. Er gestand ihm mit Bedauern eine Schwäche, von der er fürchtete, daß sie zu seinem Untergang führe. Er werde seiner fleischlichen Begierde nicht Meister, und aus Verzweiflung darüber habe er auch die guten Werke aufgegeben. Dominikus verließ sich ganz auf sein Gottvertrauen und sagte: «Geh und handle von nun an mit standhaftem Herzen und zweifle nicht an der Barmherzigkeit Gottes. Ich werde für dich vom Herrn erbitten, daß du enthaltsam werdest.» Und so, wie er gesagt hatte, geschah es. Aus dem unreinen und unkeuschen wurde ein keuscher standhafter Mensch. Das Versprechen des Dieners Gottes fiel, weil es so lauter war, mit jenem des Herrn selbst zusammen, der gesagt hat: «In Wahrheit sagte ich euch, um was immer ihr meinen Vater in meinem Namen bittet, er wird es euch geben.» *(Ebd. 59)*

Nicht nur das Gebet und die Kontemplation, sondern auch die Geistesgaben, mit denen Dominikus reichlich versehen war, verfeinerten seine natürliche Intelligenz und befähigten ihn, Dinge, Menschen und Ereignisse nicht nur in ihren natürlichen Zusammenhängen, sondern auch im Plan Gottes zu sehen. Die Zeitgenossen verstanden seine menschlich oft nicht begreifliche Handlungsweise als prophetische Schau. Die Charismen erweckten in ihm liegende Talente zum Leben und ließen diese fruchtbar werden für die Mitmenschen und die Kirche seiner Zeit.

86. Bruder Johannes von Spanien sagte: Als ich mit Bruder Dominikus im Konvent von Toulouse war, schickte er gegen den Willen des Grafen Simon von Montfort, des Erzbischofs von Narbonne, des Bischofs von Toulouse und einiger anderer Prälaten mich selber mit fünf anderen Klerikerbrüdern und einem Laienbruder nach Paris, damit wir dort studierten, predigten und einen Konvent gründeten. Wir sollten uns nicht fürchten, alles werde sich für uns zum Guten wenden. Den genannten Prälaten, dem Grafen und den Brüdern sagte er: «Widersprecht mir nicht, ich weiß, was ich tue.» Andere schickte er nach Spanien mit den gleichen Worten und mit dem gleichen Auftrag. Als wir in Paris studierten, gaben uns der Dekan von St. Quentin, der Magister Johannes, damals Professor der Theologischen Fakultät, und die Universität von Paris die Kirche St. Jakob beim Stadttor Orléans. Da ließen wir uns nieder und gründeten einen Konvent; da auch nahmen wir viele gute Klerikerbrüder auf, die in den Orden der Predigerbrüder eintreten wollten. Viele Besitztümer und Einkünfte wurden uns damals vermacht. Und alles wandte sich für uns zum Guten, wie es unser Bruder Dominikus vorausgesagt hatte. *(Prozeß Bologna 26)*

87. Nach Anrufung des Heiligen Geistes ließ Dominikus die Brüder zusammenkommen und sagte ihnen, es sei seine Absicht, sie in die Welt hinauszusenden, obwohl sie nur wenige seien; sie sollten also nicht länger alle beisammen wohnen. Sie staunten nicht wenig über diese so unverhoffte Ankündigung. Aber die offensichtlich heilige Autorität seiner Persönlichkeit machte es ihnen leicht zuzustimmen in der Hoffnung, alles werde einen guten Ausgang nehmen. *(Jordan, Anfänge 47)*

88. Es soll nicht verschwiegen werden, wie der Mann Gottes durch eine Vision den Tod des Grafen von Montfort voraussah. Er sah nämlich in einer nächtlichen Vision, wobei der Verstand wach war, einen großen Baum mit weitausladenden Ästen und schönem dichtem Laub. Auf dem Baum saß eine Menge Vögel. Plötzlich aber stürzte der Baum zusammen, und die ganze Vogelschar floh und zerstreute sich. Da sah er, von göttlichem Geist erfüllt, ein, daß der Tod des Grafen von Montfort, dieses großen Fürsten und Beschützers der Geringen, bevorstehe, wie es dann die Ereignisse auch bestätigten. *(Konstantin von Orvieto, Legende 57)*

89. Der Mann Gottes verbrachte einst die ganze Fastenzeit in Carcassonne im Hause des Bischofs und widmete seine ganze Kraft der Predigt. Er versah auch das Amt des Generalvikars des Bischofs, der ihn damit für die Zeit seines Aufenthaltes in Frankreich betraut hatte. Zu dieser Zeit wurde der Krieg zwischen Simon, dem Grafen von Montfort, der für die Kirche kämpfte, und dem Grafen von Toulouse insofern immer schlimmer, als der Graf von Toulouse eindeutig die Oberhand gewann. Ein Ordensmann, ein Laienbruder vom Orden von Cîteaux, der gerade dort war, empfand darüber gro-

ßen Schmerz und suchte Dominikus auf: «Meister Dominikus», sagte er, «wird dieses große Unglück kein Ende nehmen?» Der Mann Gottes schwieg, aber der andere ließ nicht nach, da er wohl wußte, daß der Herr seinem Tischgenossen sehr vieles offenbarte. Schließlich sagte Dominikus in Gegenwart von Bruder Stephan von Metz, seinem Begleiter (der das auch bekannt gemacht hat): «Sicher wird die Bosheit der Toulousaner ein Ende nehmen; sie wird ein Ende nehmen, aber dieses Ende ist noch fern. Viele werden bis dann noch ihr Blut vergießen. Ein König wird sterben, getötet in einer kriegerischen Auseinandersetzung.» Sie hatten alle Angst. Sollte das vom französischen König gesagt sein, der kürzlich erst die Angelegenheit der Albigenser in die Hand genommen hatte? «Habt keine Angst für den französischen König», sagte er, «das Leben eines andern Königs wird bald geopfert werden in den Greueln dieses Krieges.» Ein Jahr danach starb der König von Aragon, der mit dem Grafen von Toulouse alliiert gewesen war, in der Schlacht. Als ob er nicht trauriger hätte sterben können für die Ewigkeit als im Kampf gegen die Kirche! *(Ebd. 55)*

90. Dominikus, der Mann Gottes, war in Rom und betete in der Basilika von St. Peter um Bewahrung und Entfaltung des Ordens, den die Rechte Gottes durch ihn verbreitete. Da sah er in einer göttlichen Vision Petrus und Paulus, die Apostelfürsten, auf sich zukommen. Petrus übergab ihm einen Stab, Paulus ein Buch. Und sie sagten: «Geh und predige, denn du bist von Gott zu diesem Amt auserkoren worden.» Und es schien ihm, einen Moment lang, als sähe er seine Söhne über die ganze Welt verstreut, je zu zweien wandernd und das Wort Gottes den Völkern verkündend. *(Ebd. 25)*

91. Es war etwas Wunderbares um diesen unsern Meister Dominikus, wie er seine Brüder hier- und dorthin in die verschiedenen Gegenden der Kirche schickte – wie oben berichtet wurde – und dies mit solchem Vertrauen und ohne jedes Zaudern, obwohl es andern schien, man sollte es nicht tun; er tat es, als wäre er des kommenden Erfolges gewiß oder wie durch eine Offenbarung des Geistes belehrt. Und wer wollte auch wagen, das zu leugnen? Nur wenige Brüder hatte er zuerst, und diese meist wenig gebildet und einfach. Diese wenigen teilte er nun auf und verstreute sie in die verschiedenen Gegenden der Kirche. Das mußte den Kindern dieser Welt, die nach ihrer Klugheit urteilen, eher als ein Zerstören des Begonnenen denn als ein Erbauen von etwas Großem erscheinen. Aber die er aussandte, unterstützte er mit seinem Gebet, und die Kraft Gottes bewirkte ihre Vermehrung. *(Jordan, Anfänge 62)*

92. In Florenz gab es einen gewissen Hugo von Sesto, damals noch Weltgeistlicher – heute schon älterer Predigerbruder –, der den Orden auf eine aufsässige, ja tyrannische Art verfolgte, und zwar weil man dem Orden die Kirche gegeben hatte, deren Geistlicher er gewesen war, und weil die Brüder auch noch eine Zeitlang dort blieben, als sie schon eine eigene Gründung hatten. In dieser Pfarrei war auch eine Frau, die Dominikus kurz vorher von der Welt zu Christus geführt hatte. Auch ihr machte dieser Geistliche jeden Tag Schwierigkeiten aus Haß auf die Brüder. Die Frau wandte sich mit ihren Klagen und Beschwerden an Dominikus. Er tröstete sie auf seine gütige Art mit den Worten: «Hab Geduld, meine Tochter; wisse, daß der Mann, der dich und den Orden jetzt mit einer solchen Arroganz behandelt, eines Tages, und zwar bald, ein guter Bruder im Orden sein wird, und daß er dann

über lange Zeit große Mühen für den Orden auf sich nehmen wird.» Die Wahrheit des Wortes wurde durch die Zukunft bewiesen, da sich alles so ergab, wie Dominikus es vorausgesagt hatte. (*Konstantin von Orvieto, Legende 52*)

93. Bruder Stephan sagte: Als ich in Bologna studierte, kam Meister Dominikus dorthin und predigte vor Studenten und andern Leuten. Ich ging zu ihm zur Beichte, und mir schien, daß er mich liebgewann. Als ich eines Abends in meinem Hospiz mit meinen Kameraden zu Nacht essen wollte, schickte Dominikus zwei Brüder zu mir und ließ mir ausrichten: «Bruder Dominikus läßt dir sagen, du sollest sofort zu ihm kommen.» Worauf ich sagte: «Ich komme, sobald ich gegessen habe.» Sie aber sagten: «Nein, du sollst im Moment kommen.» So stand ich auf, ließ die andern allein und ging zu ihm. Ich fand ihn unter vielen Brüdern in der Kirche von St. Niklaus. Da sagte Dominikus zu den Brüdern: «Zeigt ihm, wie man die *Venia* macht.» Nachdem ich die *Venia* vor ihm gemacht hatte, gab ich mich in seine Hände. Und er kleidete mich mit dem Ordenskleid der Predigerbrüder ein und sagte: «Ich will dir die Rüstung geben, mit der du dein Leben lang gegen den Teufel kämpfen sollst.» Ich habe damals und auch später immer wieder darob staunen müssen, mit welcher Sicherheit Dominikus mich gerufen und mir das Ordenskleid gegeben hat. Ich hatte ja vorher nicht mit ihm über einen Ordenseintritt gesprochen. Ich glaube, daß er solches mit göttlicher Inspiration oder Offenbarung tat. (*Prozeß Bologna 36*)

94. Auf seiner Reise von Toulouse nach Paris kam Dominikus nach Rocamadour, wo er in der Kirche der Gottesmutter übernachtete. In seiner Begleitung befand sich Bruder

Bertrand, der später der erste Provinzprior in der Provence wurde. Am folgenden Tage holten sie auf der Weiterreise eine Schar deutscher Pilger ein. Als diese Pilger sie so fromm und andächtig die Psalmen und übrigen Gebete singen hörten, schlossen sie sich ihnen an. Sie kamen zur nächsten Raststätte, und die Pilger luden sie herzlich ein, ihre Gäste zu sein, und bewirteten sie reichlich. So ging es vier Tage lang. Dann sprach Dominikus zu Bertrand: «Bruder Bertrand, ich mache mir Vorwürfe. Wir lassen uns von diesen Pilgern Speise und Trank reichen, wir aber sind nicht in der Lage, ihnen das geistliche Brot zu brechen. Laßt uns auf den Knien zu Gott beten, er möge uns die Gabe verleihen, ihre Sprache zu verstehen und zu sprechen, damit wir ihnen von unserem Herrn Jesus künden können.» Sie taten es, und sie vermochten miteinander Deutsch zu sprechen. Vier Tage lang blieben sie noch mit den Pilgern zusammen und sprachen zu ihnen von unserem Herrn Jesus, bis sie nach Orléans kamen. Da die Pilger nach Chartres wollten, trennten sie sich auf der Straße nach Paris, nachdem Dominikus und Bertrand sich ihrem Gebete empfohlen hatten. Am folgenden Tage sprach Dominikus zu Bertrand: «Bruder, wir kommen nun nach Paris. Wenn die Brüder dort von dem Wunder hören, das Gott mit uns gewirkt hat, werden sie uns für Heilige halten, wo wir doch nur armselige Sünder sind. Und wenn es gar unter den Laien bekannt wird, werden wir uns schließlich noch wer weiß wie viel einbilden. Ich befehle dir daher im Gehorsam: Sprich nicht hierüber vor meinem Tode.» So blieb die ganze Sache geheim, bis Bertrand nach dem Tode des seligen Vaters es den Brüdern sagte. *(Lebensbeschreibungen II, 10)*

Bei Dominikus, wie bei alttestamentlichen und mittelalterlichen Menschen, beschränkt sich die Botschaft vom Heil nicht nur auf

Geist und Seele, sondern auf die ganze Wirklichkeit des Menschen, also auch auf seinen körperlichen und sozialen Bereich, auf alles, was den Menschen unterdrückt und bedroht. Ähnlich wie bei Jesus sahen die Zeitgenossen von Dominikus manche seiner Taten als Wunder an und hielten ihn für einen Wundertäter. Die Menschen von damals fanden viel leichter den Zugang zu diesem Glauben an die Wunder als wir, besonders weil die «apostolische Lebensweise» den Auftrag Jesu an die Jünger ernst nahm, nicht nur das Reich Gottes zu verkündigen, sondern auch Dämonen auszutreiben und Kranke zu heilen (Mk 3,15; 6,7 und 13). Dominikus lebte so ganz für die Verkündigung, daß es durchaus glaubwürdig ist, daß sein Wort eben auch von diesen andern Erscheinungen begleitet war, die die Botschaft Jesu vom Heil des ganzen Menschen voraussagte. Für die Heiligsprechung mußte ein Katalog von Wundern vorgelegt werden, die von Augenzeugen berichtet und von Notaren beglaubigt wurden. Einige von diesen sollen hier wiedergegeben werden.

95. Ein alter, ehrbarer Bürger von Cahors erzählte den Brüdern und war bereit, es mit einem Eid zu beschwören, daß er Augenzeuge des folgenden gewesen sei: «Ich war mit dem Grafen von Montfort bei der Besetzung von Toulouse. Da kamen Pilger aus England, die zum hl. Jakob nach Compostella gehen wollten. Weil aber Toulouse unter Exkommunikation stand, wollten sie nicht in die Stadt hinein und bestiegen daher ein kleines Schiff, um so den Fluß zu überqueren. Aber es waren zu viele für das kleine Schiff, etwa vierzig, so daß das Schiff sich mit Wasser füllte und allesamt untergingen; man sah keinen Kopf mehr. Auf das Geschrei der Herumstehenden und der Soldaten hin kam Dominikus aus der Kirche heraus, in der er gebetet hatte. Als er die Not sah, streckte er sich auf dem Boden aus, indem er mit den

Armen ein Kreuz bildete, und rief zu Gott unter bitteren Tränen, er möge seine Pilger vom Tode erretten. Als er sich so Gott anvertraut hatte, stand er auf und befahl im Namen Christi, sie sollten ans Ufer kommen. Erstaunlich, was dann geschah – es geschah durch den, der allein Wunder tut: auf einmal tauchten die Pilger auf. Viele sahen es, weil das traurige Schauspiel von vorher viele angelockt hatte. Bürger der Stadt streckten ihnen Lanzen und Speere entgegen und zogen so alle Untergegangenen unbehelligt ans Land. *(Lebensbeschreibungen II, 5)*

96. In der Gegend von Toulouse, die Dominikus des öftern zum Predigen durchwanderte, überschritt er einst den Fluß Ariège auf einer Furt. In der Mitte des Wassers angekommen, wollte er sein Gewand hochheben. Da fielen die Bücher, die er im Gewand eingesteckt hatte, ins Wasser. Er lobte Gott. Dann kam er zum Hause einer guten Frau, der er vom Verlust seiner Bücher erzählte. Drei Tage später warf ein Fischer seine Angel aus und zog statt eines Fisches die Bücher ans Land. Sie waren völlig unbeschädigt, als ob sie mit größter Sorgfalt in einem Schrank aufbewahrt gewesen wären. Das war um so erstaunlicher, als die Bücher weder Leinen noch Leder noch etwas anderes als Einband hatten. Die Frau nahm sie zu sich und schickte sie mit Freude dem seligen Dominikus nach Toulouse. *(Ebd. II, 4)*

97. Dominikus mußte eines Tages auf einer Predigttour einen Fluß auf einer Fähre überqueren, zusammen mit andern Passagieren. Der Fährmann forderte von ihm nach der Fahrt einen Denar als Fahrgeld. Der Mann Gottes versprach ihm das Reich Gottes für den empfangenen Dienst, und er fügte hinzu, daß er der Diener Christi und der Jünger dessen sei,

der nie weder Gold noch Silber bei sich getragen hatte. Aber der Fährmann schätzte ein solches Versprechen keineswegs, im Gegenteil, es reizte ihn. Und er forderte nur noch härter und unnachgiebiger das Geld, faßte Dominikus an der Kappa und sagte: «Du überläßt mir diese Kappa, oder du zahlst den Denar.» Da blickte Dominikus zum Himmel auf und betete kurz, dann sah er auf dem Boden einen Denar, den ganz eindeutig die Vorsehung ihm verschafft hatte. «Da», sagte er, «mein Bruder, nimm, was du verlangst, und laß mich im Frieden gehen.» *(Konstantin von Orvieto, Legende 43)*

98. Eines Tages war er mit vielen Brüdern auf der Reise. Beim Essen hatten sie nur ein Glas Wein. Der selige Vater hatte Mitleid mit denen, die in ihrem vorherigen Leben in der Welt sehr verwöhnt gewesen waren. Er befahl, den wenigen Wein in ein großes Gefäß zu schütten und viel Wasser dazuzugeben. Es waren acht Brüder, und alle tranken das Wasser, das zu einem sehr guten Wein geworden war, und dann blieb noch übrig davon. *(Lebensbeschreibungen II, 5)*

99. Danach ging unser ruhmreicher Vater nach Italien zurück zusammen mit einem Laienbruder namens Johannes. Dieser Bruder Johannes fiel in den Lombardischen Alpen vor Hunger um, konnte nicht mehr weitergehen, ja vor Müdigkeit sich nicht einmal mehr erheben. Dominikus fragte ihn: «Warum kannst du nicht mehr gehen, mein Sohn?» – «Heiliger Vater, weil ich so Hunger habe.» Darauf der Heilige: «Fasse Mut, mein Sohn, gehen wir noch ein wenig weiter, so werden wir sicher bald zu einem Ort kommen, wo wir eine Stärkung finden können.» Aber jener sagte, daß er auf keinen Fall weitergehen könne, sondern sofort wieder zusammensinken würde. Da ging Dominikus, von Mitleid mit dem

Bruder bewegt, aber auch von Vertrauen beseelt an einen einsamen Ort, betete dort kurz zum Herrn, kam zurück und sagte: «Steh auf, Bruder, geh zu jener Stelle, und was du dort findest, bring hierher!» Jener erhob sich, zwar mit Schwierigkeit, und ging schweren Schrittes an die Stelle, etwa einen Steinwurf weit entfernt, und fand dort ein Brot von herrlichem Geruch, sauber eingepackt. Er nahm es zu sich, brachte es zu Dominikus. Nachdem er nur wenig davon gegessen hatte, hatte er genug und neue Kräfte gewonnen. Dominikus fragte, ob er den Hunger gestillt habe und weitergehen könne. Er habe genügend gegessen, gab der zur Antwort, und könne jetzt ganz gut den Weg fortsetzen, er, der kurz zuvor sich nicht mehr hatte bewegen können. «Steh also auf, mein Sohn», sagte Dominikus, «und leg den Rest des Brotes an den Ort zurück, wo du es gefunden hast.» Danach setzten sie den Weg fort. Als sie ein Stück weit gegangen waren, fragte sich der Bruder: «Mein Gott, wer hat wohl das Brot dorthin gelegt, woher kam es? Und war ich nicht schwer von Begriff, daß ich mich nicht darum kümmerte?» Und er fragte Dominikus: «Vater, woher kam dieses Brot, wer hat es dorthin gelegt?» Darauf fragte dieser von Grund auf Demütige zurück: «Mein Sohn, hast du gegessen, was du nötig hattest?» – «Das habe ich.» Und Dominikus darauf: «Wenn du genügend gegessen hast, danke Gott, wie es sich gehört; darüber hinaus aber frage nicht.» – Dieser Bruder Johannes erzählte das den Brüdern, als er nach Spanien zurückkehrte. Später wurde er mit andern Brüdern im Auftrag des Papstes nach Afrika geschickt, um dort den katholischen Glauben zu predigen. In Marokko ging er nach einem erfüllten Leben zum Herrn ein. *(Ebd. 8)*

100. Bruder Reginald, Pönitentiar des Papstes und späterer Erzbischof von Armagh [Irland], ein sehr frommer Mann,

erzählte, daß er in Bologna dabei war, als der Prokurator des Konventes zu Dominikus ging und sich beklagte, daß er für die große Zahl der anwesenden Brüder nur zwei Brote habe. Dominikus folgte ganz dem Herrn, als er dann befahl, aus den Broten kleine Stücke zu machen, diese dann segnete und dem vertraute, der reich ist für alle, die ihn anrufen und der jedes Lebewesen mit seinem Segen erfüllt. Der Tischdiener sollte nun auf jeden Tisch zwei oder drei der kleinen Stücke legen. Als dieser so von Tisch zu Tisch gegangen war und noch Brot übrigblieb, ging er ein zweites und ein drittes Mal allen Tischen nach, und wieder war noch übrig von dem, was vorher so wenig gewesen war. Wieviel noch? So und so oft ging er rundum, teilte aus, und alle Brüder wurden satt. Am Schluß war – ein Geschenk Gottes – mehr von dem Brot übrig, als die Menschen hingelegt hatten. *(Ebd. 20)*

101. Im Kloster St. Sixtus begrub ein Einsturz einen Architekten, den die Brüder gerufen hatten. Er blieb unter einem Haufen Mauerwerk tot liegen. Die Brüder eilten herbei, als sie von diesem schrecklichen Unglück hörten, und härmten sich gar sehr; denn sie wußten einerseits nicht, in welcher Seelenverfassung der Tote gewesen war, und anderseits war das Volk gegen sie aufgebracht. Man hielt nämlich die Zukunft ihres Unternehmens für sehr fraglich, was gern den Leuten passiert, deren Lebensweise der Öffentlichkeit nicht verständlich ist. Der Mann Gottes Dominikus, unser lieber Vater, der immer voll auf den Herrn vertraute, ertrug die Niedergeschlagenheit seiner Brüder nicht. Er ließ den Leib des Verschütteten unter den Trümmern hervorholen und gab ihm durch die Kraft seines Gebetes das Leben und die Gesundheit wieder. *(Konstantin von Orvieto, Legende 36)*

III VON GOTT SPRECHEN

«*Gott hatte Dominikus die besondere Gabe verliehen, zu weinen über die Sünder, über die Elenden, über die Bedrückten, deren Unglück er im innersten Heiligtum seines mitleidenden Herzens trug...*» *(Jordan, Anfänge 12). Die Kraft des Mitleidens, die Dominikus besaß, wurzelte in seiner Liebe, war also nicht eine oberflächliche Gemütswallung. Die Liebe nämlich ließ ihn aus Mitleid handeln. Sein von der Liebe getragenes Mitleid schaute daher nicht auf den Notleidenden, den Schwächeren herab, sondern hob ihn zu sich empor, so daß der Schwächere und Leidende zum Partner wurde. Dominikus fühlte sich schon als Student in Palencia vom Hunger der Menschen so getroffen, daß er seine Bücher und alles, was er hatte, verkaufte und ein Hospiz für Arme mit den Worten gründete:* «*Ich will nicht über toten Häuten studieren, während Menschen vor Hunger sterben*» *(Proz. Bol. 35). Es waren aber nicht nur die Armen und Hungernden, deren er sich annahm. Er begegnete noch einer anderen Not, die ihn handeln ließ, der Glaubensnot. Zuerst stieß er mehr zufällig im Languedoc auf sie, in der Gestalt der dualistischen Häresie der Katharer; bald danach trat sie ihm in Norddeutschland gegenüber, wo er das heidnische Volk der Kumanen kennenlernte. Diese Begegnungen brachten ihn zu dem Entschluß, sich ganz für die Brüder und Schwestern in Glaubensnot einzusetzen. Das war sein Weg in die Welt.*
Sein Entschluß reifte im Gebet; er bat Gott, «*er möge ihm gnädig eine wahre Liebe verleihen, die in der Sorge für das Heil der Men-*

schen wirksam sei» (Jordan, Anfänge 13). Nur aus Liebe bringt Dominikus es fertig, sich Gott ganz zur Verfügung zu stellen und sein Leben zu verlieren, um an der Rettung seiner Brüder und Schwestern zu arbeiten. Erst in diesem Lichte verstehen wir die zahlreichen Texte, die von seinem Eifer für das Heil aller Menschen sprechen, von seinem Mitleid sowohl mit denen, die unter dem Egoismus und der Ungerechtigkeit anderer litten, als auch mit denen, deren Glauben durch Verführung oder Unkenntnis gefährdet war. Da die erbarmende und mitleidende Liebe nicht allein bleiben will, versuchte Dominikus sie in seinen Brüdern zu wecken. Sie sollten durch die Verkündigung des Wortes Gottes der Welt neue Quellen des Heils erschließen.

102. Bruder Ventura von Verona sagte: Dominikus war ein solcher Eiferer für das Heil der Seelen, daß er mit seiner Liebe und seinem Mitleid nicht nur die Gläubigen, sondern auch die Ungläubigen und Heiden, ja sogar die Verdammten in der Hölle bedachte. Er weinte sehr viel um sie alle. Sein Eifer zeigte sich in seiner eigenen Predigttätigkeit und darin, wie er seine Brüder zum Predigen aussandte. Er selber brannte darauf, den Heiden das Evangelium zu verkünden. *(Prozeß Bologna 11)*

103. Bruder Wilhelm von Monferrato sagte: Für mich war er der größte Eiferer für das Heil der ganzen Menschheit, den ich je gesehen hatte. Ich selber ging nach Paris, um Theologie zu studieren, weil Dominikus mit mir übereingekommen war, daß wir miteinander aufbrechen würden, um die Heiden im Norden zu bekehren, sobald ich zwei Jahre Theologie studiert und er die Gemeinschaft der Brüder organisiert hätte. *(Ebd. 12)*

104. Bruder Rudolf von Faenza sagte: Ich bin nie einem Menschen begegnet, der mich so in seiner Religiosität und Hingabe beeindruckt hat wie Bruder Dominikus. Er ersehnte das Heil aller Menschen, der Christen wie der Sarazenen, insbesondere aber der Kumanen und auch anderer. Mehrmals sagte er mir, er wünsche zu den Kumanen und zu andern heidnischen Völkern zu gehen. *(Ebd. 32)*

105. Bruder Paul von Venedig sagte: Er wünschte sich sehnlichst das Heil aller, der Gläubigen wie der Ungläubigen. Verschiedentlich hatte er zu mir gesagt: «Wenn wir einmal unsern Orden organisiert und instruiert haben, wollen wir zu den Kumanen gehen, ihnen den Glauben an Christus verkünden und sie so für den Herrn gewinnen.» *(Ebd. 43)*

106. Bruder Frugerius von Penna sagte: Er verlangte nach dem Heil der Seelen nicht nur der Christen, sondern auch der Sarazenen und anderer Ungläubigen. Dafür sich einzusetzen, munterte er auch seine Brüder auf. Und es war ihm damit so ernst, daß er, wenn seine Brüder einmal organisiert wären, zu den Heiden gehen und dort, wenn nötig, sogar für den Glauben sterben wollte. Ich habe ihn das selber sagen gehört. *(Ebd. 47)*

Der Wunsch, als Missionar zu den Heiden zu gehen, der in ihm bei der Begegnung mit den Kumanen in Norddeutschland geweckt worden war, verließ ihn bis zu seinem Tode nicht mehr. Die Vorsehung hatte für ihn jedoch ein anderes Missionsfeld bestimmt: bei den Irrenden im Glauben in Südfrankreich. Schon auf der ersten Reise mit seinem Bischof Diego nach Norddeutschland (1203/04) begegnete er in Toulouse einem solchen Andersgläubigen.

107. Als er gewahr wurde, daß die Bewohner jener Gegend ganz der Häresie ergeben waren, wurde sein Herz von großem Mitleid mit den vielen Menschen ergriffen, die so tief im Irrtum steckten. Während einer Nacht, die sie in Toulouse verbrachten, diskutierte der Supprior [Dominikus] mit dem häretischen Gastgeber, und zwar mit solchem Eifer und solcher Überzeugungskraft, daß der Häretiker der Weisheit und dem Geiste, die aus ihm sprachen, nicht mehr widerstehen konnte. Dominikus führte ihn mit Hilfe des Geistes Gottes wieder dem Glauben zu. *(Jordan, Anfänge 15)*

Die Begegnung mit den Kumanen auf der zweiten Reise nach Norddeutschland (1205/06) war für Bischof Diego und Dominikus ein wahrer Schock. Darum entschlossen sie sich, nach Rom zu gehen und vom Papst die Erlaubnis zu erbitten, als Missionare zu diesem wilden heidnischen Volke zu gehen.

108. Der Bischof schickte dem König seines Heimatlandes einen Boten; er selber beeilte sich, mit den ihn begleitenden Klerikern an die römische Kurie zu kommen. Er kam zu Papst Innozenz und bat ihn inständig, ihn wenn irgendwie möglich aus dem Amt zu entlassen, indem er seine eigene Unzulänglichkeit hervorhob. Er eröffnete dem Papst auch seinen Herzenswunsch, seine Kräfte für die Bekehrung der Kumanen einzusetzen, wenn er ihn entließ. Der Papst aber entsprach dieser Bitte nicht und wollte ihm nicht einmal gestatten, daß er – im Bischofsamt verbleibend – das Gebiet der Kumanen aufsuche. Das geschah sicher nach Gottes geheimem Willen, der für das Wirken dieses großen Mannes ein anderes fruchtbares Feld ausersehen hatte. *(Ebd. 17)*

Sie waren also gezwungen, in ihre Heimat zurückzukehren. Auf dem Wege dorthin trafen sie bei Montpellier die päpstlichen Legaten, die sich ohne Erfolg um die Häretiker bemüht hatten. Bischof Diego und Dominikus gaben ihnen einen Rat, wie sie sich verhalten sollten, und gingen ihnen mit dem Beispiel voran. So entstand eine neue Form der Missionierung. Dominikus steht hier noch ganz im Schatten seines Bischofs. Petrus von Vaux-de-Cernaï berichtet als Augenzeuge über die Anfänge der Mission in Südfrankreich:

109. Als der Bischof von Osma auf der Rückreise von Rom in Montpellier Halt machte, begegnete er dort dem Abt Arnold von Cîteaux und den beiden Zisterziensermönchen Petrus von Castelnau und Radulph. Sie waren päpstliche Legaten. Sie waren drauf und dran, sich der Sendung, mit der man sie betraut hatte, zu entziehen, so entmutigt waren sie ob der Feststellung, daß sie mit ihrer Predigttätigkeit bei den Häretikern kann etwas erreicht hatten. Denn wenn immer sie den Häretikern predigen wollten, hielten diese ihnen den überaus schlechten Lebenswandel der Kleriker vor. Wenn sie aber den Lebenswandel der Kleriker hätten ändern wollen, dann hätten sie ihre Predigttätigkeit aufgeben müssen. *(Hystoria Albigensis 20)*

110. In dieser auf den ersten Blick aussichtslosen Situation gab ihnen der Bischof einen heilsamen Rat. Er bestimmte sie, sich mit mehr Eifer als je nur der Verkündigung zu widmen und alles andere sein zu lassen. Um aber den Lästerern den Mund zu stopfen, sollten sie nach dem Beispiel unseres Herrn und Meisters selbst handeln und lehren, das heißt, ganz demütig auftreten, zu Fuß gehen, ohne Gold und Silber, und in allem das Leben der Apostel nachahmen. Die Legaten woll-

ten nicht ohne weiteres diese neue Art zu leben anfangen; sie bräuchten jemanden, eine vertrauenswürdige Person, die ihnen hierin vorausginge, sagten sie. Was brauchte es mehr? Dieser ganz von Gott erfüllte Mann, Diego selber, bot sich dafür an. So schickte er die Leute seines Hofes, die mit ihm waren, samt den Pferden zurück nach Osma und blieb mit seinem einzigen Begleiter [Dominikus] zurück. So verließ er Montpellier mit den beiden Mönchen Petrus und Radulph. Der Abt von Cîteaux kehrte in seine Abtei zurück, weil dort nächstens das Generalkapitel der Zisterzienser beginnen sollte, aber auch weil er hoffte, nachher ein paar Äbte seines Ordens herzubringen, die ihm helfen könnten, den ihm übertragenen Predigtauftrag mit Erfolg auszuführen.

In jenen Tagen holte also Gott, der Herr, der seine Pfeile im Köcher seiner Vorsehung bereithält, zwei Leuchten seiner Gnade aus Spanien: Diego, den Bischof von Osma, und seinen Begleiter Dominikus, Kanonikus seiner Kirche, später Ordensmann und kanonisierter Heiliger. Diese zwei machten sich an das schwierige Werk. Sie taten sich zusammen mit den Äbten vom Orden von Cîteaux und andern sehr brauchbaren Männern. Sie traten gegen die falschen Auffassungen der Häretiker auf, denen es in den Fängen des Teufels gefiel; sie griffen sie zwar an, aber in aller Bescheidenheit, mit Zurückhaltung und Geduld. Sie gingen von Flecken zu Flekken und nahmen dort an Disputationen teil. Aber sie gingen zu Fuß, barfuß, und verzichteten auf jedes Gepränge, auf Begleiter und Pferde. *(Ebd. 21)*

111. Als die Äbte diesen Rat gehört hatten und dann auch durch das Beispiel der andern motiviert worden waren, entschlossen sie sich, in gleicher Weise vorzugehen. Jeder schickte das, was er mit sich geführt hatte, in seine Abtei zurück

und behielt nur noch das Stundenbuch und Bücher, die für das Studium und die Disputation nötig waren. Der genannte Bischof war ihr Oberer und der Leiter des ganzen Unternehmens. Zu Fuß, ohne Geld, in freiwilliger Armut begannen sie, den Glauben zu verkünden. Als die Häretiker das sahen, fingen sie an, um so stärker gegen sie zu predigen. *(Jordan, Anfänge 22)*

112. Diego behielt als Begleiter den schon erwähnten Supprior namens Dominikus, den er sehr schätzte und von Herzen lieb hatte. Das ist Dominikus, der Gründer des Predigerordens, der sich von jenem Zeitpunkt an nicht mehr Supprior, sondern Bruder nannte. Und er ist wirklich Dominikus, der vom Herrn (dominus) Behütete, rein von Sünden; wirklich Dominikus, der mit ganzer Kraft den Willen des Herrn befolgte. *(Ebd. 21)*

113. Montpellier hinter sich lassend, kamen der Bischof und die zwei Mönche zu einem kleinen Dorf namens Servian. Dort fanden sie einen Führer der Häretiker, Balduin mit Namen, und einen gewissen Thierry, einen Menschen bestimmt für das ewige Feuer. Er stammte aus Gallien, war nobler Abkunft und einst Chorherr von Nevers gewesen. Dann war er mit einem Ritter, seinem Onkel, auch einem gefährlichen Häretiker, auf dem Konzil von Paris [1201] verurteilt worden. Als päpstlicher Legat hatte dort Kardinal Oktavian fungiert. Thierry war dann ins Gebiet von Narbonne geflohen, als er sah, daß er sich nicht mehr verstecken konnte. Die Häretiker liebten und verehrten ihn, weil er vornehmer als die andern zu sein schien und weil sie stolz waren, in Frankreich – das bekanntlich die Quelle der Wissenschaft und der christlichen Religion ist – einen Freund ihres Glaubens und

einen Verteidiger ihrer Bosheit gefunden zu haben. Zu sagen ist, daß er sich zwar Thierry nannte, früher aber Wilhelm hieß. *(Hystoria Albigensis 22)*

114. Acht Tage lang hatten der Bischof und seine Begleiter mit Balduin und Thierry öffentlich disputiert, und es war ihnen gelungen, die ganze Bevölkerung den Häretikern abspenstig zu machen, so daß sie diese am liebsten fortgejagt hätte. Aber der Herr des Dorfes, der selber von jener Falschheit vergiftet war, hatte sich die beiden zu Freunden gemacht. Es würde zu weit führen, Einzelheiten des Disputes nachzuerzählen; ich begnüge mich, einen bedeutenden Punkt zu erwähnen. Der Bischof hatte Thierry zu einer letzten Schlußfolgerung veranlaßt, die lautete: «Ich weiß, wessen Geistes ihr seid. Ihr seid im Geiste des Elias gekommen» (Lk 1,17). Worauf der Heilige sagte: «Wenn ich im Geiste des Elias gekommen bin, dann seid ihr in dem des Antichrist gekommen.» Als sie das Dorf nach acht Tagen verließen, begleiteten die Leute diese ehrwürdigen Männer noch eine Meile weit. *(Ebd. 23)*

115. Auf direktem Wege kamen sie in die Stadt Béziers. Während vierzehn Tagen disputierten und predigten sie dort und bestärkten so die kleine Schar der Katholiken und verwirrten die Häretiker. Der Bischof und Bruder Radulph empfahlen Petrus von Castelnau, sich für eine Zeit von ihnen zu trennen. Sie fürchteten, daß er ermordet werden könnte; denn er war der am meisten Gehaßte. Petrus trennte sich also von den beiden, die ihrerseits schnell von Béziers nach Carcassonne gelangten. Sie blieben dort acht Tage, die ausgefüllt waren mit Disputationen und Predigten. Eine der ersten Versammlungen fand bei Verfeuil statt, wo sich verschiedene

Häretikerführer aufhielten, so Pontius Jordan, Arreus Arrufat und andere. Man hatte schon einige Argumente ausgetauscht, als man auf das Wort des Herrn nach Johannes zu reden kam: «Niemand ist in den Himmel aufgestiegen außer dem, der vom Himmel herabgestiegen ist, dem Menschensohn» (Joh 3,13). Der Bischof von Osma fragte, wie sie dieses Wort verständen. Einer von ihnen meinte, daß Johannes selbst, der hier spreche, der Sohn des Menschen sei, der im Himmel ist. «Das also ist nach euch der Sinn des Wortes», sagte darauf der Bischof, «der Vater im Himmel ist ein Mensch, als dessen Sohn er, Johannes, sich bezeichnet.» Die andern bestätigten es. Worauf der Bischof das Wort des Herrn aus Isaias zitierte: «Der Himmel ist mein Thron, die Erde der Schemel meiner Füße» (66,1) und dann sagte: «Wenn der, der im Himmel thront, ein Mensch ist und seine Füße die Erde berühren, dann sind seine Schienbeine so lang wie der Abstand zwischen Himmel und Erde.» Auch damit waren sie einverstanden. Da konnte der Bischof nur noch sagen: «Gott verfluche euch; ihr seid so grobschlächtige Häretiker; ich glaubte, daß ihr etwas mehr Verstand besäßet.» Sie waren geschlagen, suchten dann aber noch ein paar Ausflüchte. Mit jenem einen Wort hatten die Katholiken bewiesen, daß Christus Gott und Mensch ist, das heißt, daß er vom Himmel herabgestiegen ist, um Mensch zu werden, und daß er dennoch als Gott im Himmel ist. *(Ebd. 24)*

116. Es würde viel zu weit führen, wollte man der Reihe nach berichten, wie diese apostolischen Prediger von Ort zu Ort zogen, wie sie das Evangelium verkündeten und überall disputierten. Kommen wir zum Wichtigsten. Eines Tages versammelten sich alle Führer der Häretiker in einem Dorf namens Montréal in der Diözese Carcassonne zu einer gro-

ßen Disputation gegen unsere Leute. Petrus von Castelnau, der sich, wie schon erwähnt, von den andern getrennt hatte, war dazu zurückgekommen. Man setzte Schiedsrichter ein, die auch aus den Reihen der häretischen «Gläubigen» gewählt wurden. Die Disputation zog sich über zwei Wochen hin. Dann schrieben beide Seiten ihre Lehrmeinungen nieder und überreichten sie den Schiedsrichtern, damit sie ein definitives Urteil fällten. Aber da diese eindeutig die Niederlage der Häretiker feststellen mußten, verweigerten sie ein Urteil. Und um zu vermeiden, daß die Schriften der unsrigen bekannt würden, weigerten sie sich, sie zurückzugeben und übergaben sie ihren Führern. *(Ebd. 26)*

117. Zu dieser Zeit ereignete sich ein Wunder, das hier erwähnt werden soll. Wieder einmal hatten unsere Ordensleute und Prediger mit den Häretikern disputiert. Einer der Unseren, Dominikus, ein heiligmäßiger Mann, der Begleiter des Bischofs von Osma, hatte die Zitate, die er in der Debatte gebraucht hatte, schriftlich niedergelegt. Er übergab das Blatt einem der Häretiker, damit er sich mögliche Einwände überlegen könne. In der Nacht waren die Häretiker in einem Haus um ein Feuer versammelt. Der, welcher von Dominikus das Blatt erhalten hatte, las es den andern vor. Diese schlugen vor, es ins Feuer zu werfen; wenn das Blatt verbrannte, dann sollte ihr Glaube – das heißt ihr Aberglaube – richtig sein; wenn es hingegen nicht brennen sollte, würden sie sich zur Wahrheit des Glaubens unserer Prediger bekennen. Alle waren damit einverstanden, und das Blatt wurde ins Feuer geworfen. Und obwohl es ziemlich lange darin war, flog es wieder heraus, ohne auch nur angebrannt zu sein. Sie waren erstaunt. Aber einer der Härtesten unter ihnen meinte: «Werft es noch einmal ins Feuer, wir erproben

so die Wahrheit um so sicherer.» So warf man es noch einmal hinein, und es kam noch einmal heraus, unverbrannt. Das sehend sagte dieser Hartnäckige und Ungläubige: «Werft es ein drittes Mal hinein. So werden wir die Realität erkennen ohne jede Unsicherheit.» Man tat es, und auch diesmal brannte es nicht, sondern kam unbehelligt heraus. Aber trotz dieses eindeutigen Wunders wollten sich die Häretiker nicht zum Glauben bekehren. Sie verharrten in ihrer Bosheit und schärften sich gegenseitig ein, daß keiner das Wunder erzählen dürfe. Nur ein Ritter, der unter ihnen war, der sich aber schon ein wenig unserem Glauben zuwandte, wollte nicht verhehlen, was er miterlebt hatte, und erzählte es einigen Leuten. Das war in Montréal geschehen. Ich habe es von dem großen Ordensmann erfahren, der das Blatt den Häretikern gegeben hatte. *(Ebd. 54)*

118. Bischof Diego widmete sich zwei Jahre dieser Predigttätigkeit. Da er dann aber befürchtete, man könnte ihm vorwerfen, er vernachlässige seine Heimatkirche von Osma, wenn er noch länger bleibe, beschloß er, nach Spanien zurückzukehren. Er nahm sich aber vor, Geld für die Vollendung des Frauenklosters [von Prouille] zu sammeln und, wenn er seine Kirche visitiert hätte, zurückzukehren. Er wollte dann mit dem Einverständnis des Papstes einige zum Predigen geeignete Leute beordern, die die Irrtümer der Häretiker widerlegen und die Wahrheit des Glaubens verteidigen sollten. *(Jordan, Anfänge 28)*

119. Denen, die zurückblieben, gab er Bruder Dominikus als geistlichen Leiter. Er war ein Mensch, der ganz von Gottes Geist erfüllt war. Für die materiellen Angelegenheiten setzte er Wilhelm Claret von Pamiers als Verantwortlichen ein. Er

sollte aber über alles, was er unternahm, Bruder Dominikus Rechenschaft ablegen. *(Ebd. 29)*

120. So nahm Diego Abschied von den Brüdern, durchquerte zu Fuß Kastilien und kam nach Osma. Schon wenige Tage nach seiner Ankunft wurde er krank und starb dann bald. Er vollendete sein Leben in großer Heiligkeit und konnte auf ein zwar mühevolles, aber schönes Werk zurückblicken. In voller Reife stieg er ins Grab und ging ein zu gesegneter Ruhe. Es wird gesagt, daß er nach dem Tode durch Wunder berühmt wurde. Es ist sicher nicht verwunderlich, daß der Mensch beim allmächtigen Gott etwas vermag, der unter den Menschen in diesem armseligen und beklagenswerten Leben schon hervortrat durch Zeichen großer Gnade und leuchtete im Glanz seiner Tugend. *(Ebd. 30)*

121. Als nun die, die im Gebiet von Toulouse zurückgeblieben waren, vom Tode dieses Mannes Gottes hörten, kehrten sie einzeln in ihre Heimat zurück. Bruder Dominikus blieb allein dort und predigte weiter. Wenn sich ihm auch einige – meistens nur für eine bestimmte Zeit – anschlossen, so waren sie doch nicht im Gehorsam an ihn gebunden. Von diesen Gefährten werden namentlich erwähnt: Wilhelm Claret und ein gewisser Bruder Dominikus, ein Spanier, der später Prior von [Palma] Mallorca wurde. *(Ebd. 31)*

122. Kurz bevor Diego gestorben war, hatte auch Bruder Radulph dem Schicksal seinen Tribut gezollt, in der Zisterzienserabtei Franquevaux bei Saint-Gilles. Als diese beiden Quellen des Lichtes von uns gegangen waren, setzte man den Abt Guy von Vaux-de-Cernai als Prior und Leiter der Prediger ein. Er war mit andern Äbten von der Diözese Paris in

die Provinz Narbonne gekommen, um zu predigen. Er war ein Mann von vornehmer Abkunft, vornehmer aber noch durch sein Wissen und seine Tugend. Später wurde er zum Bischof von Carcassonne ernannt. Der Abt von Cîteaux war zu dieser Zeit mit schwierigen Angelegenheiten beschäftigt und begab sich in eine andere Gegend. Die Prediger durchstreiften das Land in allen Richtungen und überführten in Disputationen die Häretiker offen des Irrtums. Aber es gelang ihnen nicht, die Leute zu bekehren, so sehr waren diese in ihre Bosheit verstrickt. Als sie nach einiger Zeit feststellen mußten, daß sie mit den Predigten und Disputationen keinen oder fast keinen Fortschritt machten, kehrten sie nach Frankreich zurück. Vergessen wir aber nicht, die folgende Einzelheit zu erwähnen: Der Abt von Vaux-de-Cernai hatte verschiedene Male mit jenem Thierry diskutiert, von dem schon die Rede war, und mit einem anderen Häretikerführer, Bernhard von Simorre, den man in der Diözese von Carcassonne als Oberhaupt betrachtete. Er hatte sie des öftern des Irrtums überführt. Eines Tages wußte Thierry nichts mehr zu erwidern. Da sagte er: «Die Kurtisane hat mich lange genug gefangen gehalten. Das wird ihr nicht mehr gelingen.» Mit der Kurtisane meinte er die römische Kirche! Ein anderes Faktum, das nicht zu verschweigen ist: Der gleiche Abt betrat eines Tages die Stadt Laure bei Carcassonne, um dort zu predigen. Beim Betreten der Stadt machte er ein Kreuzzeichen. Ein häretischer Ritter, der das sah, sagte: «Das Kreuzzeichen wird mir nie eine Hilfe sein.» *(Hystoria Albigensis 50)*

Auch der Papst, Innozenz III., änderte seine Ansichten über die Bekämpfung der Häresie und bestätigte die neue Form der Verkündigung, die man von den zu Bekehrenden selbst übernommen hatte. Er befahl seinem Legaten Radulph von Fontfroide, kraft päpstlicher Autorität in der Provinz Narbonne Ordensleute als Prediger für die Irrlehrer zu bestellen, um diese durch Wort und Beispiel für die Wahrheit zurückzugewinnen (17. November 1206).

123. Es verzehrt uns der Eifer für das Haus dessen (Ps 69,10), der uns, ohne unser Verdienst, den Sitz auf hoher Warte verliehen hat. Daher wollen wir schwach werden mit den Schwachen (1 Kor 9,22) und väterliche Ratschläge anbringen, dank welcher die Wunden mit Arznei versorgt werden, damit auch die schwärende Krankheit, soweit es an uns liegt, Heilung erfahre. Aus diesem Grunde befehlen wir mit Apostolischem Schreiben Deiner Unterscheidungsgabe: Bemühe Dich, erprobten Männern zum Nachlaß ihrer Sünden den Auftrag zu erteilen, zu den Häretikern zu eilen; es sollen für dessen Durchführung nach Deinem Urteil geeignete Personen sein, die in der Nachahmung der Armut des armen Christus nicht davor zurückscheuen, in verächtlicher Kleidung und glühenden Geistes zu den Verachteten zu gehen. Durch das Beispiel des Werkes und die Belehrung der Rede sollen sie, wenn der Herr es gnädig gewährt, diese vom Irrtum zurückrufen. *(Urkundenbuch Nr. 4)*

Nach dem Tode des Bischofs Diego (30. Dezember 1207) kehrten die Zisterziensermönche in ihre Abteien zurück, und die Mission löste sich praktisch auf. Am 14. Januar 1208 wurde dann der päpstliche Legat Petrus von Castelnau ermordet, worauf Innozenz III. einen Kreuzzug anordnete, der einer der grausamsten Religionskriege der Geschichte werden sollte. Dominikus blieb mit ein paar Getreuen in der Gegend und setzte seine friedliche Mission fort.

124. Zur Zeit des Kreuzzuges blieb Bruder Dominikus in der Gegend und predigte mit Eifer weiter bis zum Tode des Grafen von Montfort. Was er da nicht an Beleidigungen und Nachstellungen von seiten der Abtrünnigen zu erdulden hatte! Als man ihm schließlich gar mit dem Tode drohte, gab er unerschrocken zur Antwort: «Ich bin des Ruhmes des Martyriums nicht würdig, ich habe diesen Tod noch nicht verdient.» Und an Orten vorbeigehend, wo er mit Sicherheit einen Hinterhalt vermuten konnte, sang er fröhlich. *(Jordan, Anfänge 34)*

125. Dominikus hatte schon die Kirche von Fanjeaux und einige andere Güter, aus denen er für sich und die Seinen den Lebensunterhalt schöpfen konnte. Was sie von diesen Einkünften erübrigen konnten, ließen sie den Schwestern des Klosters Prouille zukommen. Der Orden der Prediger war damals ja noch nicht gegründet, es waren erst Verhandlungen über die Gründung im Gange, obwohl sich Dominikus selbst, wie er nur konnte, der Predigttätigkeit widmete. Und es war damals auch noch nicht jene spätere Konstitution in Kraft, nach der das Annehmen und Behalten von Besitztümern verboten war. So sind seit dem Tode des Bischofs von Osma bis zum Laterankonzil fast zehn Jahre verflossen, während denen Dominikus fast allein dort blieb. *(Ebd. 37)*

Dominikus blieb fast acht Jahre unter den schwierigsten Umständen in der Gegend und wirkte versöhnend und mäßigend. Er sah aber bald ein, daß seine eigenen Kräfte für die Bewältigung dieser riesigen Aufgabe nicht ausreichen. So entschloß er sich, einen Orden zu gründen. Das geschah sehr wahrscheinlich am Ostertag, dem 19. April 1215.

126. Zur Zeit, als die Bischöfe zum Laterankonzil (1215) nach Rom aufbrachen, schlossen sich zwei unbescholtene und fähige Leute durch Ordensgelübde Dominikus an. Der eine von ihnen war Bruder Petrus Seila, späterer Prior von Limoges, der andere Bruder Thomas, ein sehr liebenswürdiger und redegewandter Mann. Bruder Petrus schenkte Dominikus und seinen späteren Gefährten die großen vornehmen Häuser, die er in Toulouse nahe beim Schloß Narbonnais besaß. Von da an wohnten sie in Toulouse in diesen Häusern, und alle, die bei Dominikus waren, begannen die Armut zu leben und die Sitten des Ordenslebens anzunehmen. *(Jordan, Anfänge 38)*

Was Dominikus seit acht Jahren praktizierte und lebte, wurde nun institutionalisiert. Es war sein persönliches Ideal, dem er nachlebte: Wanderpredigt verbunden mit Betteln, das aber vorläufig noch durch feste Einkünfte erleichtert wurde. Bischof Fulko von Toulouse bestätigte dieses Ideal im Juni/Juli 1215.

127. Im Namen unseres Herrn Jesus Christus. – Allen gegenwärtig und zukünftig Lebenden sei kundgetan, daß Wir, Fulco, durch Gottes Gnade demütiger Diener des Bischofssitzes Toulouse, den Bruder Dominikus und seine Gefährten zu Predigern in Unserem Bistum einsetzen, um die häretische Verkehrtheit auszutilgen und die Laster zu vertreiben, die Menschen in den Grundlehren des Glaubens zu unterrichten und ihnen gesunde Sitten beizubringen. Sie haben es sich zum Vorsatz gemacht, in evangelischer Armut zu Fuß als Ordensleute umherzuwandern und das Wort der evangelischen Wahrheit zu verkünden.

Weil aber der Arbeiter ein Recht auf seinen Unterhalt hat (Mt 10,10) und man dem Ochsen zum Dreschen keinen

Maulkorb anlegen soll (Dtn 25,4; 1 Kor 9,9), vielmehr, wer das Evangelium verkündigt, vom Evangelium leben soll (1 Kor 9,14), wollen Wir, daß sie, wenn sie zum Predigen unterwegs sind, vom Bistum den Lebensunterhalt und alles Notwendige bekommen. Mit Einwilligung des Kapitels der Kirche vom hl. Stephan und des Klerus der Diözese Toulouse überweisen Wir den genannten Predigern und anderen, die der Eifer für den Herrn und die Liebe zum Heil der Seelen auf gleiche Weise zum selben Dienst der Verkündigung bereit macht, von allen Pfarrkirchen, die Uns unterstehen, die Hälfte des dritten Zehntteils, der für die Ausschmückung und Instandhaltung der Kirchen vorgesehen ist. Der Betrag ist für Kleider und die übrigen notwendigen Dinge, wenn sie krank sind oder einmal ausruhen wollen, bestimmt.

Sollte jedoch nach Ablauf eines Jahres etwas übrigbleiben, wollen und bestimmen Wir, daß es zur Ausschmückung eben dieser Pfarrkirchen oder zur Verwendung für die Armen zurückfließe, wie es der Bischof für angebracht hält. Da es nämlich von Rechts wegen vorgesehen ist, daß stets ein Gutteil des Zehnten den Armen zugewandt und ausgefolgt werden muß, sind Wir sicher um so mehr gehalten, jenen Armen einen Teil des Zehnten zuzuweisen, die für Christus die evangelische Armut erwählen und durch Beispiel und Lehre die Menschen sowohl insgesamt wie einzeln mit himmlischen Gaben zu bereichern trachten, ohne Mühe zu scheuen. So können Wir durch sie und andere für diejenigen, von welchen wir zeitliche Güter ernten, auf passende und angebrachte Weise Geistesgaben säen (1 Kor 9,11).

Gegeben im Jahre des fleischgewordenen Wortes 1215, da Philipp als König der Franken regiert und der Graf von Montfort das Fürstentum Toulouse innehat, unter dem genannten Bischof Fulco von Toulouse. *(Urkundenbuch Nr. 63)*

1. Wanderpredigt

Als Dominikus sich im Jahre 1206 entschloß, mit ganzer Hingabe für das Heil der Menschen zu wirken, entschied er sich zugleich auch für eine besondere Art und Weise, seine Absicht durchzuführen, nämlich für die «apostolische Lebensweise» oder die Nachfolge der Apostel. Es war das eine Forderung der Reformbewegung seit dem 11. Jahrhundert, die sich zahlreiche Männer zu eigen gemacht hatten, die aber zur Zeit des hl. Dominikus vorwiegend von den häretischen Predigern praktiziert wurde. Das charakteristische Kennzeichen dieser Bewegung ist die Wanderpedigt, verbunden mit Bettelarmut. Sie beruft sich dabei auf die Evangelientexte der Aussendung der Jünger Christi (Mt 10,5–16; Mk 6,6–13; Lk 9,1–6; 10,1–16) und auf das Verhalten der Apostel bei ihren Missionsreisen.

Obwohl Dominikus als Chorherr an die Residenzpflicht gebunden ist, nimmt er diese Lebensform an und zieht von 1206 bis 1215 im Languedoc umher, predigt die Glaubenswahrheiten und versucht immer wieder, mit den verschiedenen Gruppen der Häretiker ins Gespräch zu kommen. Das ständige Unterwegssein setzt ihn nicht nur allerlei Gefahren aus, sondern macht ihm klar, daß er hier nur Fremdling und Pilger (1 Petr 2,11) ohne festes Zuhause ist; im letzten verweist es ihn auf Christus selbst.

Nach der Gründung des Ordens und vor allem nach der Annahme der Augustinusregel werden Konvente errichtet, die eine gewisse Seßhaftwerdung mit sich bringen; auf das Ideal der Wanderpredigt wird damit aber nicht verzichtet. Die für die Predigt des Wortes Gottes befähigten und ausgebildeten Brüder sind weiter unterwegs, immer zu Fuß, und kehren von Zeit zu Zeit in die Klöster zurück, wo sie sich körperlich und geistlich erholen können. Dominikus ist es somit gelungen, Seßhaftigkeit und Wanderleben zu verbinden,

ohne die Verkündigung zu beeinträchtigen. Im Gegenteil, die Konvente wurden zu Stätten, wo die Brüder Gemeinschaft und Geborgenheit, Sammlung im Gebet, Ausbildung und Weiterbildung fanden, und eben dadurch neue Kraft für ihre Aufgabe.
Während seiner Tätigkeit im Languedoc richtet Dominikus sein vornehmstes Augenmerk auf die Auseinandersetzung mit der Irrlehre, ohne die anderen Gläubigen, die sich dort in Schwierigkeiten befinden, zu vergessen. Nach der Gründung seines Ordens, der ein Priesterorden ist, bezieht er das ganze Spektrum der Verkündigung in sein Programm ein: die Predigt der Glaubenswahrheiten, die Festigung des Glaubens im Volk und die Hebung der Sitten. Damit unterscheidet er sich von den katholischen Wanderpredigern, die vorwiegend Laien waren und sich deshalb auf die Mahnung zur Buße und die Klarlegung der gesunden Sitten beschränken mußten. Als Dominikus von Honorius III. die Anerkennung seines Ordensziels, der überdiözesanen Predigttätigkeit, erreicht, werden nicht nur die bis dahin geltenden Bestimmungen des Kirchenrechts, das die Verkündigung der Glaubenswahrheiten den Bischöfen vorbehielt, durchbrochen, sondern völlig neue Verhältnisse im Bereich der Seelsorge geschaffen. Nun hat – neben den Bischöfen – auch ein religiöser Orden die Aufgabe der Verkündigung, sogar weltweit, und erhält die missio *dazu direkt vom Papst. Der Orden bestimmt von sich aus, welchem unter seinen Brüdern diese* missio *delegiert wird. Darüber hinaus hat Dominikus durch die Gründung des ersten apostolischen Ordens der Kirche auch neue Wege für eine organisierte Missionierung der heidnischen Völker gebahnt, ohne die das christliche Europa des Mittelalters nicht vorstellbar wäre.*

128. Bruder Ventura von Verona sagte: Auf dem Wege wollte Dominikus fast immer denen, die mit ihm gingen, das

Wort Gottes predigen, oder andere sollten es tun. *(Prozeß Bologna 3).*

129. Wenn er auf der Reise an einen Ort kam, wo die Brüder einen Konvent hatten, rief er sie zusammen und sprach zu ihnen, das Wort Gottes verkündend und sie tröstend. *(Ebd. 4)*

130. Wenn er nicht gerade durch etwas Wichtiges davon abgehalten wurde, hielt er jeden Tag vor seinen Brüdern eine Predigt oder eine Ansprache. Dabei weinte er viel und brachte auch die Zuhörer zum Weinen. *(Ebd. 6)*

131. Bruder Rudolf von Faenza sagte: Er war sehr fleißig, ja hingebungsvoll im Predigen und im Beichthören, und sehr oft vergoß er Tränen, wenn er predigte, und veranlaßte auch seine Zuhörer dazu. *(Ebd. 33)*

132. Bruder Stephan sagte: Er war beharrlich und ruhelos, wenn es ums Predigen ging; er hatte so bewegende Worte, daß er sich und seine Zuhörer zum Weinen brachte. Ich habe nie einen Menschen gehört, dessen Worte die Brüder so zur Reue und zum Weinen bewegten, wie ihn. Es war seine Gewohnheit: entweder redete er von Gott oder mit Gott, zu Hause, außerhalb des Hauses, auf dem Wege. Dazu forderte er auch seine Brüder auf, und das ließ er auch in das Buch der Konstitutionen schreiben. *(Ebd. 37)*

133. Bruder Frugerius von Penna sagte: Wer immer sich auf dem Wege zu ihm gesellte, dem sprach er von Gott. Auch seine Brüder forderte er auf, das zu tun. Und das ließ er auch in den Ordensregeln der Predigerbrüder festhalten. *(Ebd. 47)*

134. Wilhelm [III. Peyronnet] Abt zu St. Paul [in Narbonne] sagte als vereidigter Zeuge: Der heilige Dominikus hatte ein heftiges Verlangen nach dem Heil der Seelen und setzte sich dafür ein, wie er nur konnte. Die Verkündigung lag ihm so am Herzen, daß er seine Brüder aufforderte, tagsüber und nachts, in Kirchen und in Häusern, auf dem Felde, auf dem Wege und wo immer das Wort Gottes zu verkünden und nur immer von Gott zu sprechen. *(Prozeß von Toulouse 18)*

135. Bruder Bonivisus sagte: Als ich noch Novize war und somit überhaupt noch keine Erfahrung im Predigen hatte, da ich ja auch noch keine Theologie studiert hatte, schickte mich Bruder Dominikus von Bologna nach Piacenza, um dort zu predigen. Und als ich meine Unerfahrenheit hervorhob, überzeugte er mich mit ganz lieben Worten, daß ich doch gehen sollte. Er sagte: «Gehe ganz ruhig, denn der Herr wird bei dir sein und dir die Worte, die du predigen sollst, in den Mund legen.» Ich gehorchte und ging nach Piacenza und predigte dort. Und Gott gab mir beim Predigen eine solche Gnade, daß drei Brüder wegen meiner Predigt in den Orden eintraten. *(Prozeß Bologna 24)*

136. Bruder Johannes von Spanien sagte: Er litt mit seinem Nächsten und wünschte sehnlichst sein Heil. Er selber predigte und bewog seine Brüder wie er nur konnte, zu predigen. Er sandte sie zum Predigen, bat und mahnte sie, daß sie um das Heil der Seelen besorgt seien. Dabei vertraute er ganz auf Gott, zumal er auch die ungebildeten Brüder zum Predigen schickte mit den Worten: «Geht nur, denn der Herr wird mit euch sein, und euch wird es an nichts mangeln.» Sie gingen und erfuhren, was er gesagt hatte. *(Ebd. 26)*

137. In der Tat war der heilige Vater [Dominikus] Jakob in seiner Verkündigung und Israel in seinem Gebet, so daß er weder Lea noch Rachel in seinem Leben vermissen mußte. Denn er zerstreute und sandte die wenigen Brüder, die er hatte, aus. Sie waren wenig gebildet und meist in jugendlichem Alter. Darüber wunderten sich vor allem gewisse Leute des Zisterzienserordens nicht wenig: So jung waren die Brüder, die da zum Predigen gesandt wurden. Und diese Zisterzienser achteten genau darauf, ob sie die jungen Brüder des Dominikus nicht in Wort oder Tat überführen konnten. Dominikus hielt dieses Spiel eine gewisse – lange – Zeit aus, dann wurde er eines Tages von heiligem Eifer gepackt, und er sagte: «Ihr Pharisäer, was verfolgt ihr meine Jünger? Ich weiß, ja ich weiß und bin sicher, daß meine jungen Brüder gehen und zurückkommen, ausgesandt werden und zurückkehren. Eure Jungen werden eingesperrt, und dann gehen sie fort!» *(Salagnac-Gui, Die vier Merkmale I, 7)*

138. Nach dem Tode des ruhmreichen Fürsten, des Grafen Simon von Montfort, der am Tage nach der Geburt Johannes des Täufers des Jahres 1217 im Dienste des Herrn starb, zerstreute Dominikus seine Brüder. So auch bestimmte er Bruder [Petrus] Seila für Limoges – in seine Hände habe ich die Profeß abgelegt, und von ihm habe ich es erfahren. Bruder [Petrus] Seila aber machte ihn auf seine Unerfahrenheit und auf seine wenigen Bücher aufmerksam; denn er besaß nur eins von den vier Heften der Homilien Gregors des Großen. Da sagte Dominikus: «Gehe, mein Sohn, geh und vertraue. Jeden Tag werde ich dich zweimal vor Gott tragen. Zweifle nicht. Du wirst viele für Gott gewinnen und viel Frucht bringen.» Petrus kam bald danach nach Limoges und wurde dort vom Bischof und vom Kapitel gut aufgenommen. Man

gab ihm ein Haus, in dem er wohnen konnte, und er reichte vielen das Ordenskleid. Beim Klerus und im Volke jener Gegend war er im Alter wie einer der alten Propheten, denen man mit Ehre und Respekt begegnete. Am Ende seiner Tage kehrte er nach Toulouse zurück und starb im Herrn am 22. Februar 1257. *(Ebd. I, 8)*

139. Bruder Johannes von Spanien sagte: Wenn Bruder Dominikus von einem Ort zum andern ging, zog er seine Schuhe aus und ging barfuß bis zum nächsten Ort, wo er seine Schuhe wieder anzog. Und so wieder am Ausgang des nächsten Ortes. Er selber trug seine Schuhe und gestattete nicht, daß ein anderer sie trage. Wenn er an einen Stein stieß, ertrug er es mit froher Miene, ließ sich nicht stören und sagte: «Das ist eine Buße», wie ein Mensch, der sich an allem Ärgerlichen freut. *(Ebd. 27)*

Wie sich die Brüder verhalten sollen, wenn sie zum Predigen ausgesandt werden, schreiben die ersten Konstitutionen des Ordens vor:

140. Wenn die hierfür Geeigneten das Kloster zur Predigt verlassen müssen, sollen ihnen vom Prior solche Gefährten beigegeben werden, die nach seinem Urteil ihrem Lebenswandel und guten Ruf von Nutzen sind. Gehen sie nach Empfang des Segens hinaus, sollen sie sich überall als Männer, die sehnlichst auf ihr Heil und das der andern bedacht sind, ehrbar und dem Ordensberuf entsprechend verhalten. Wie Boten des Evangeliums sollen sie, den Spuren ihres Erlösers folgend (1 Petr 2,21), für sich mit Gott oder mit den Nächsten von Gott sprechen und vertraulichen Umgang mit verdächtiger Gesellschaft meiden. Unterwegs zur Ausübung des

Predigtamtes oder anderwohin sollen sie weder Gold, Silber, Geld noch Geschenke annehmen oder bei sich tragen (Mt 10,9), ausgenommen Speise und Trank sowie die notwendigen Kleider und Bücher. Keiner, der für das Predigtamt oder das Studium bestimmt ist, kümmere sich um die Verwaltung zeitlicher Güter, um ungehinderter und besser den ihm anvertrauten Dienst an den geistlichen Gütern versehen zu können, außer niemand fände sich, der die nötigen Dinge besorgte; denn man muß sich manchmal mit den Sorgen und Nöten des anstehenden Tages abgeben. An Schiedssprüchen und Rechtsfällen sollen sie sich nicht beteiligen, es sei denn in Angelegenheiten, die den Glauben betreffen. *(Älteste Konstitutionen II, 31)*

Die Auswahl geeigneter Prediger

141. Wer von manchen Mitbrüdern zum Predigen für geeignet befunden wird, soll zusammen mit solchen, die kraft der Erlaubnis und des Befehls ihres Priors, jedoch noch ohne Erlaubnis des höheren Oberen oder des Generalkapitels, den Auftrag zur Predigt bereits erhalten haben, dem Generalkapitel beziehungsweise den Diffinitoren vorgestellt werden. Jene urteilsfähigen Brüder, die zur Bearbeitung dieser und anderer Fragen des Kapitels eingesetzt worden sind, sollen sie beiseite nehmen und sorgfältig prüfen; außerdem sind auch die Brüder, die mit ihnen bisher zusammengelebt haben, genau über die ihnen von Gott verliehene Predigtgnade, über ihr Studium, ihr Ordensleben, die Glut ihrer Liebe, ihre innere Einstellung und Absicht zu befragen. Stellen diese ihnen ein gutes Zeugnis aus, sollen die Kapitelsväter mit Zustimmung und Ratschlag des höheren Oberen das billigen, was

nach ihrem Urteil für die künftigen Prediger nützlicher ist: nämlich ob diese Brüder noch im Studium verbleiben oder mit den fortgeschritteneren Brüdern sich im Predigen üben sollen oder ob sie schon von sich aus geeignet und fähig genug sind, den Dienst der Verkündigung auszuüben. *(Älteste Konstitutionen II, 20)*

Vermeidung von Ärgernis bei der Predigt

142. Unsere Brüder sollen sich hüten, mit ihrem Mund sich am Himmel zu vergreifen (Ps 73,9) und durch ihre Predigten bei Ordensleuten und Klerikern Anstoß zu erregen. Wenn sie etwas Besserungsbedürftiges an ihnen erblicken, sollen sie in einem vertraulichen Gespräch ihnen wie Väter zureden (1 Tim 5,1) und auf Abhilfe dringen. *(Ebd. 33)*

21. Januar 1217: Papst Honorius III. beauftragt Prior Dominikus und die Brüder vom hl. Romanus zu Toulouse mit der Verkündigung des Wortes Gottes und ermuntert sie, darin trotz aller Bedrängnis zu verharren. – Mit dieser Bulle bestätigt Honorius Dominikus und seinen Brüdern in Toulouse, daß sie ganz zum Predigen da sind. Das ist das erste Mal, daß die Verkündigung des Wortes Gottes zum Zweck eines Ordens gemacht wird.

143. Bischof Honorius, Diener der Diener Gottes, entbietet den geliebten Söhnen, dem Prior [Dominikus] und den Brüdern vom hl. Romanus, Prediger im Gebiet von Toulouse, Heil und Apostolischen Segen.
Dem Spender aller Gnaden erstatten Wir würdigen Dank ob der Gnade Gottes, die Euch geschenkt wurde (1 Kor 1,4), in der Ihr steht (Röm 5,2; 1 Petr 5,12) und bis ans Ende, wie

Wir hoffen, stehen werdet. Denn im Innern entflammt durch das Feuer der Liebe, verströmt Ihr nach außen den Duft eines guten Rufes, der die gesunden Gemüter erquickt und die kranken (Gemüter) heilt. Damit sie nicht unfruchtbar bleiben, reicht Ihr ihnen, wie eifrige Ärzte, geistliche Alraunen (Gen 30,13–16.22–24) und befruchtet sie durch Eure heilsame Beredsamkeit mit dem Samen des Wortes Gottes (Lk 8,11). So setzt Ihr als treue Diener die Euch anvertrauten Talente ein, um sie dem Herrn verdoppelt zurückzubringen (Mt 25,14–30). So zieht Ihr wie unbesiegte Kämpfer Christi, mit dem Schild des Glaubens und dem Helm des Heils bewehrt (Eph 6,16–17), ohne Furcht vor denen, die nur den Leib töten können (Mt 10,28), das Wort Gottes, das schärfer ist als jedes zweischneidige Schwert (Heb 4,12), beherzt heraus gegen die Feinde des Glaubens. So achtet Ihr Eure Seelen in dieser Welt gering, um sie für das ewige Leben zu bewahren (Joh 12,25).

Doch erst der Ausgang, nicht der Kampf bringt die Siegeskrone, und von allen im Stadion laufenden Tugenden empfängt allein die Beharrlichkeit den festgesetzten Preis (1 Kor 9,24). Deshalb bitten und ermahnen Wir eindringlich Eure Liebe und befehlen Euch durch dieses Apostolische Schreiben zum Nachlaß Eurer Sünden: Bemüht Euch, mehr und mehr im Herrn gestärkt (Sach 10,12), das Wort Gottes zu verkünden (Apg 8,4), steht dafür ein, sei es gelegen oder ungelegen, und erfüllt lobwürdig das Werk eines Evangelisten (2 Tim 4,2.5)! Wenn Ihr aber deswegen Drangsal erduldet (1 Thess 3,4), dann ertragt dies nicht nur mit Gleichmut, sondern rühmt Euch mit dem Apostel in der Bedrängnis (Röm 5,3) voll Freude, weil Ihr gewürdigt worden seid, für den Namen Jesu Schmach zu erleiden (Apg 5,41). Denn diese leichte und vorübergehende Drangsal erwirkt ein überreiches Gewicht an Herrlichkeit (2 Kor 4,17), im Vergleich zu der die Leiden der gegenwärtigen Zeit nichts bedeuten (Röm 8,18).

Auch Wir, die Wir Euch als bevorzugten Söhnen Unsere besondere Gunst zuwenden wollen, bitten Euch, für Uns dem Herrn die Frucht Eurer Lippen (Hos 14,3) darzubringen, damit Wir womöglich durch Eure Fürbitte erlangen, wozu Unser eigenes Verdienst nicht ausreicht.

Gegeben im Lateran, am 21. Januar, im ersten Jahr unseres Pontifikates. (*Urkundenbuch Nr. 79*)

12. Mai 1220: Papst Honorius III. beauftragt sechs namentlich bezeichnete Mönche aus verschiedenen Klöstern Italiens, mit Bruder Dominikus zur Predigt auszuziehen. – Dominikus hatte den Papst gebeten, ihm Mönche für seine Mission in der Lombardei zur Verfügung zu stellen. Damit war er ein Neuerer, denn es entsprach gar nicht der Tradition, daß Mönche das Kloster für eine Predigttätigkeit verließen. Die Not der Kirche ging Dominikus über die mönchische Tradition.

144. Weil diejenigen, die an den Gewässern säen, selig sind (Jes 32,30), und jene, die das Getreide vorenthalten, im Volk verflucht werden (Spr 11,26), tut Ihr recht daran, das Euch von Gott anvertraute Talent nicht ungenutzt in ein Tuch zu stecken (Lk 19,20). Man zündet auch kein Licht an, um ein Gefäß darüber zu stülpen, sondern stellt es auf den Leuchter, damit es allen im Hause leuchte (Mt 5,15). Deswegen glaubt unser geliebter Sohn, Bruder Dominikus, Prior des Predigerordens, es käme dem Seelenheil der Menschen sehr zugute, wenn Ihr gemäß seiner umsichtigen Weisung die Predigtgnade, die Ihr vom Herrn empfangen habt, zum Vorteil der Nächsten einsetzt. Wir befehlen daher mit diesem Apostolischen Schreiben Eurer Unterscheidungsgabe: Aus Liebe

zu dem, der wegen der übergroßen Liebe, mit der er uns geliebt hat (Eph 2,4), aus dem verborgenen Schoß des Vaters (Joh 1,18) als sterblicher Mensch an die Öffentlichkeit getreten ist, begebt Euch zusammen mit Bruder Dominikus auf den Weg, um all denen, die daraus Nutzen ziehen können, das Wort Gottes vorzulegen! So sollen die Irrenden durch das aufgezeigte Licht der Wahrheit auf den Weg der Gerechtigkeit zurückkehren. Wißt, daß wir dem erwähnten Bruder zugestanden haben, Eure Bereitschaft zum Dienste am Wort Gottes einzufordern. Als seine Mitarbeiter bei der Predigt sollt Ihr aber stets Euer eigenes Ordensgewand tragen. *(Urkundenbuch Nr. 123)*

11. März 1221: Papst Honorius III. empfiehlt allen Bischöfen und Prälaten, die Brüder des Predigerordens in ihrer Tätigkeit als Prediger bei den Gläubigen zu unterstützen: Eine der zahlreichen Empfehlungsbullen von Honorius für Dominikus und seinen Orden; ein Schreiben, das die Brüder als Ausweis dafür bei sich trugen, daß sie ihre Mission zum Predigen vom Papst selber hatten.

145. «Wer einen Propheten aufnimmt, weil es ein Prophet ist, wird den Lohn eines Propheten erhalten» (Mt 10,41). Deshalb empfehlen Wir Euch allen mit Fug und Recht Männer, welche die heilige Kirche als Prediger deswegen dringend benötigt, weil sie die Speise des Wortes Gottes verteilen; so werdet Ihr Euch einen unvergleichlichen Lohn erwerben. Das hat Uns bewogen, Euch Unsere geliebten Söhne, die Brüder des Predigerordens, mit besonderem Nachdruck ans Herz zu legen. Als Männer, die sich zur Armut und zum Ordensleben verpflichtet haben, sind sie gänzlich der Verkündigung des Wortes Gottes geweiht. Darum bitten Wir Euch insgesamt, ermahnen Euch eindringlich und tragen

Euch durch dieses Apostolische Schreiben auf, sie, wenn sie in Eure Gegend kommen, voll Liebe zum Predigtdienst, für den sie bestellt sind, heranzuziehen, die Euch anvertrauten Völker eifrig zu ermuntern, aus ihrem Mund den Samen des Wortes Gottes ehrfürchtig zu empfangen und ihnen in ihren Bedürfnissen aus Achtung vor Gott und vor Uns großzügig beizuspringen. Außerdem sollt Ihr ihnen jenes echte Wohlwollen erweisen, dank dessen sie durch Eure Mitarbeit den Lauf ihres übernommenen Dienstes glücklich vollenden (2 Tim 4,7) und die ersehnte Frucht und das Ziel ihrer Mühe erlangen: das Heil der Seelen (1 Petr 1,9). *(Urkundenbuch Nr. 147)*

Wie ein Teil des Episkopates die Brüder förderte und die Bedeutung des neuen Ordens erfaßte, zeigt der folgende Brief des Bischofs von Metz vom 22. April 1221.

146. Konrad, dank der Gnade Gottes Bischof von Metz, Kanzler des kaiserlichen Hofes, entbietet allen, die diesen Brief lesen, Heil im Herrn. – Der heilige Gregor bezeugt, daß der Seeleneifer das höchste Gut ist, das man in diesem Leben erringen kann. Deswegen hat, wie Wir glauben und wie es die Meinung vieler Gutwilliger ist, der Herr Papst unter Führung, Eingebung und Leitung des Heiligen Geistes den löblichen Orden der Predigerbrüder eingesetzt und bestätigt. Da dieser Orden bei und in seiner Predigt ausschließlich die Seelen der Menschen zu gewinnen sucht, tun Wir Euch kund, daß Wir den ihm angehörenden Brüdern ehrerbietig Unsere huldvolle Gunst zugewandt und sie in unseren Schutz und Schirm aufgenommen haben.

Wenn ihr Orden in der Stadt Metz eine Behausung hätte, wäre ihre Heimstatt dank der Predigten nicht nur Laien,

sondern dank der theologischen Vorlesungen auch den Klerikern von größtem Nutzen. Aus diesem Wissen heraus und nach dem Beispiel des Herrn Papstes, der ihnen in Rom ein Haus gegeben hat, sowie vieler Erzbischöfe und Bischöfe geben Wir Euch die heilsame Anweisung: Steht diesen Brüdern mit Rat und Hilfe bei, damit sie in der Stadt Metz einen Bauplatz bekommen, um innerhalb der Stadt gemäß den Erfordernissen ihres Ordenslebens ein Priorat erbauen zu können, wozu Wir ihnen die Baugenehmigung erteilen.
Gegeben zu Metz am 22. April, im Jahr 1221 der Fleischwerdung des Herrn, da Friedrich II. Kaiser ist und Papst Honorius III. der Gesamtkirche vorsteht, unter Herrn Gerhard Angebourch, Bürgermeister von Metz. *(Urkundenbuch Nr. 157)*

2. Armut

Ein Wesensmerkmal der «apostolischen Lebensweise» war das Streben nach Armut, die meistens als Bettelarmut verstanden wurde. Dieses Streben war ein religiös begründetes Erfordernis, das sich auf die Aussagen Jesu und die Verhaltensweise der Apostel stützte. Dominikus lebte dieses Ideal von 1206 an bis zu seinem Tode; doch machte er in den Anfängen des Predigerordens für seine Gemeinschaft noch Zugeständnisse, obgleich er die ersten Brüder für die Praxis der Bettelarmut zu begeistern versuchte. Die Zugeständnisse waren einerseits wegen der rechtlichen Zugehörigkeit zum augustinischen Ordenszweig notwendig, andererseits aber auch wegen der geringen Zahl der jungen Brüder, die meist noch in der Ausbildung standen und daher nicht überfordert werden durften. Sobald jedoch der Orden zu Kräften kam und in der Kir-

che einen unumstrittenen Platz gewonnen hatte, löste sich Dominikus von der Tradition des Augustinerordens, der ohne Grundbesitz und feste Einkünfte nicht denkbar war, und führte 1220 – unbekümmert um das Verbot des Bettelns für Priester – die Bettelarmut ein. Nicht nur die einzelnen Brüder, sondern auch die Klöster sollten ihren Unterhalt von Almosen bestreiten.

Diese Armut trägt bei Dominikus eindeutig «apostolischen» Charakter. Er sieht sie immer im Hinblick auf das Ziel des Ordens: die Verkündigung des Wortes Gottes, und ordnet sie diesem Ziel unter. Armsein heißt für ihn nicht in erster Linie «Nichts-Besitzen». Die Brüder besitzen zum Beispiel ihre Konvente und Bücher, die sie zur Erfüllung ihrer Aufgabe benötigen, ihre Armut trifft aber vor allem ihr Leben und seine Bedürfnisse, wie Kleider, Nahrung und Unterkunft. Dadurch legen sie öffentlich Zeugnis von jenem Ideal ab, dem sie sich verschrieben haben, ja, noch mehr: sie verzichten auf ihre Stellung in der Gesellschaft und wählen freiwillig den Platz unter den Kleinen und Verachteten dieser Gesellschaft. Hierzu werden sie vom Gedanken der Nachfolge Christi und der Apostel motiviert. So gehört es zu ihrem Lebensstil, zu Fuß zu gehen, in den Armenhospizen zu übernachten, sich zu demütigen und um Almosen zu bitten, Hunger und Durst zu ertragen und trotzdem die Mitmenschen, vor allem die damaligen Ordensleute und Kleriker, nicht zu kritisieren.

Diese Haltung schärfen schon die ältesten Konstitutionen ein. Sie schreiben dem Novizenmeister auch vor, er solle die Novizen lehren, mit Herz und Leib Demut zu üben und damit dem nachzufolgen, der von sich gesagt hat: «Ich bin sanftmütig und demütig von Herzen» (Mt 10,29). Die so verstandene äußere und innere Armut ist für Dominikus zugleich eine besondere Art des Bußlebens. Selbst wenn das Ordensleben immer schon als Büßerleben galt, bedeutet nun die Verkündigung des Wortes Gottes unter ständigem Umherziehen, in Unsicherheit und Angewiesensein *auf die materielle Hilfe der Mitmenschen, eine zusätzliche Buße, die auch die Schreiben von Papst Honorius III. an den Orden stark hervorheben. Aber diese äußere und innere Armut, verbunden mit bußfertiger Gesinnung, befreit Dominikus und seine Prediger von vielen Sorgen, so daß sie sich ganz ihrer Sendung widmen können. Sie verleiht ihnen eine große Beweglichkeit und zudem die Unabhängigkeit von den Großen dieser Welt, zuletzt aber die innere Freiheit der Liebe, aus der bei Dominikus eine besondere Freude quillt. Die aus der inneren Freiheit der Liebe strömende Freude spiegelt sich auf seinem Antlitz wider und steckt andere an.*

147. Bruder Amizius von Mailand sagte: Die Armut ging Dominikus über alles, und zwar in bezug auf die Lebensweise, wie etwa die Kleider seiner Brüder als auch bezüglich der Häuser, der Kirchen, des Kults, wie was den Schmuck der liturgischen Gewänder anging. Er verwendete zu seiner Zeit viel Mühe daran, daß die Brüder im Gottesdienst weder purpurne noch seidene Stoffe als Gewänder oder Altartücher verwendeten und keine goldenen noch silbernen Gefäße außer den Kelchen hatten. *(Prozeß Bologna 17)*

148. Bruder Johannes von Spanien sagte: Zu jener Zeit wurden dem Predigerorden in der Gegend von Toulouse und Albi viele Schlösser und Besitztümer vermacht. Dazu kam, daß die Brüder Geld bei sich trugen, wenn sie reisten, daß sie zu Pferde ritten und Chorhemden trugen. Da setzte Bruder Dominikus alles daran, daß seine Brüder im Orden all dies Zeitliche aufgaben und verachteten und auf der Armut bestanden, nicht mehr ritten, von Almosen lebten und nichts mehr mit sich auf den Weg nahmen. So wurden die Besitzungen in Frankreich den Zisterzienser- und anderen Nonnen gegeben. Damit die Brüder sich um so mehr dem Stu-

dium und der Predigt widmen könnten, wollte Dominikus, daß die nicht gebildeten Laienbrüder den gebildeten Brüdern in der Verwaltung der materiellen Güter vorstanden. Aber die Klerikerbrüder akzeptierten nicht, daß Laienbrüder ihnen vorstanden, in der Angst, es könnte ihnen passieren, was den Brüdern von Grandmont passiert war. *(Ebd. 26)*

149. Er liebte die Armut sehr und tat alles, damit auch die Brüder sie liebten. Ich weiß, wie stolz er auf seine abgetragenen Kleider war und wie er alles Zeitliche gering schätzte. Ich war oft zugegen, wenn er die Brüder zur Armut ermahnte. *(Ebd. 27)*

150. Bruder Rudolf sagte: Bruder Dominikus liebte die Armut sehr und ermahnte auch die Brüder zur Armut. Als er nach Bologna kam, wollte Hoderich Gallicianus den Brüdern gewisse Besitztümer geben, die gut über fünfhundert bolognesische Pfund wert waren. Vor dem Bischof der Stadt wurde der Vertrag ausgefertigt, aber Dominikus ließ den Vertrag zerreißen, weil er nicht wollte, daß seine Brüder jene oder auch andere Besitztümer hätten, sondern daß sie allein von Almosen lebten. Und zwar auch so noch sparsam; denn er wollte nicht, daß sie etwas annahmen oder Almosen sammeln gingen, wenn das für den einen Tag Nötige schon vorhanden war. Er wollte weiter, daß sie kleine Häuser und billige Kleider hätten. Und auch in der Kirche sollten sie keine seidenen Stoffe verwenden, sondern nur leinene oder andere billige. Die Brüder sollten sich nicht mit Materiellem abgeben, weder was das Haus anging noch sollten sie über Materielles Entscheide treffen, es sei denn jene, die das Haus zu betreuen hatten. Die anderen sollten sich stets entweder der Lektüre, dem Gebet oder der Predigt widmen. Und wenn

ein Bruder für das Predigtamt nützlich erschien, durfte ihm keine andere Verpflichtung übertragen werden. *(Ebd. 32)*

151. Am 13. August sagte Bruder Stephan, Provinzial des Predigerordens der Provinz Lombardei: Ich kenne Dominikus, den Gründer, Pflanzer und ersten Meister des Ordens der Predigerbrüder seit fünfzehn Jahren. Aber schon bevor ich ihn zu Gesicht bekam, habe ich von großen und glaubwürdigen Leuten viel Gutes über ihn gehört, zum Beispiel auch, daß er als Prior oder Supprior von Osma, wo er Chorherr war, in Palencia Theologie studierte, und daß damals eine Hungersnot die Gegend heimsuchte, so daß viele Hungers starben. Bruder Dominikus war von Mitleid und Barmherzigkeit so gerührt, daß er seine Bücher, die schon mit seinen Kommentaren versehen waren, einfach verkaufte, den Erlös davon und andere von seinen Sachen den Armen gab mit den Worten: «Ich will nicht über toten Häuten studieren, während Menschen vor Hunger sterben.» Sein Beispiel wurde von einigen wichtigen Leuten nachgeahmt, die dann auch mit ihm zu predigen anfingen. *(Ebd. 35)*

152. Ich hörte Dominikus oft von der Armut predigen und seine Brüder dazu aufmuntern. Wenn ihm oder der Gemeinschaft Besitztümer angeboten wurden, wollte er sie nicht annehmen und die Brüder sie nicht annehmen lassen. Sein Wille war auch, daß sie billige und kleine Häuser hatten. Er selber trug einen völlig abgetragenen Habit und billige Kleider. Ich habe ihn oft mit dem schäbigsten und kürzesten Skapulier gesehen, und er wollte es auch nicht mit dem Mantel zudecken, wenn er vor Großen erscheinen mußte. Die Brüder von St. Nikolaus [in Bologna] hatten unschöne niedrige Zellen. Bruder Rudolf, der Prokurator, fing an, als

Dominikus abwesend war, einige dieser Zellen um eine Armlänge [63 cm] zu erhöhen. Doch als Dominikus zurückkehrte und die erhöhte Decke dieser Zellen sah, rügte er den Bruder Rudolf und die andern Brüder wiederholt und sagte zu allen: «Wollt ihr so schnell die Armut aufgeben und große Paläste bauen?» Und er befahl ihnen, die angefangene Arbeit abzubrechen. So blieb dieses Werk unvollendet, solange er lebte. Wie er die Armut für seine Person liebte, so liebte er sie bei seinen Brüdern. Darum bewog er sie, billige Kleider zu haben und nie Geld mit auf den Weg zu nehmen, sondern überall von Almosen zu leben. Und das ließ er auch in die Ordensregel schreiben. *(Ebd. 38)*

153. Bruder Paul von Venedig sagte: Er selber trug den billigsten Habit. Am Ausgang eines Ortes zog er seine Schuhe aus und setzte seine Reise barfuß fort. Ich habe ihn des öftern so gesehen, als ich mit ihm wanderte. Ich habe auch gesehen, wie der selige Dominikus von Tür zu Tür Almosen bettelte und Brot bekam wie ein Armer. Als er in Dugliolo [Provinz Bologna] nun Almosen bettelte, gab ihm ein Mann ein ganzes Brot. Dominikus nahm es auf den Knien demütig und ergeben entgegen. Und er wollte, daß auch die Brüder von Almosen lebten. *(Ebd. 42)*

154. Bruder Frugerius von Penna sagte: Er trug Sommer und Winter den gleichen Rock. Wenn er einem Bruder mit Kleidern begegnete, die ihm zu kostbar oder zu auffallend in der Form erschienen, rügte er ihn auf der Stelle. Seine Liebe zur Armut war so tief, daß er es nicht duldete, daß die Brüder Eigentum annahmen, sondern verlangte, daß sie von Almosen lebten. Das ließ er auch in der Regel der Brüder festhalten. Er wünschte, daß sie einfache Häuser hätten und be-

scheidene Schreibtische zum Lesen, so daß sie in allem Einfachheit und Armut bekundeten. *(Ebd. 47)*

155. Der Priester Petrus Bruneti fügte dieses hinzu: Zuweilen mußte er mit dem Schiff das Wasser überqueren, und der Fährmann verlangte für die Fahrt einen Denar. Da er keinen hatte, jener aber ein Pfand oder das Geld wollte, hielt er ihn zurück. Da heftete er seinen Blick auf den Boden, zeigte auf einen Denar und sagte: «Nehmt von der Erde, was ihr von mir verlangt.» Und den Denar nehmend ließ er ihn gehen. *(Prozeß Toulouse 14)*

156. Von Bruder Johannes von Navarra kommt mir zufällig folgendes in den Sinn, das ich einst von ihm selbst gehört habe. Als unser heiliger Vater Dominikus ihn zusammen mit Bruder Laurentius nach Paris schickte, verlangte Johannes Geld für die Reise. Der Heilige wollte ihm keines geben und erinnerte daran, daß sie als Jünger Christi gingen, die weder Gold noch Silber hätten, sondern auf den Herrn vertrauten; denn denen, die Gott fürchten, fehle nichts. Johannes gab sich damit nicht zufrieden und gehorchte dem Worte des Heiligen nicht. Als dieser den Ungehorsam dieses Armseligen sah, warf er sich ihm weinend zu Füßen und beklagte den Elenden, der über sich selbst nicht weinte, und veranlaßte, daß man ihm zwölf Denare als Reisegeld aushändigte. *(Salagnac-Gui, Die vier Merkmale III, 7, 8)*

157. Im Jahre 1220 wurde in Bologna das erste Generalkapitel abgehalten. Dort wurde festgelegt, daß unsere Brüder weder Besitztümer noch Einkünfte haben sollten, und daß sie auf jene verzichten sollten, die sie im Gebiet von Toulouse hatten. *(Jordan, Anfänge 87)*

158. Besitzungen oder feste Einkünfte dürfen auf keinen Fall angenommen werden. Keiner unserer Brüder wage es, Vorteile für seine Blutsverwandten herauszuschlagen oder zu erbitten. *(Älteste Konstitutionen II, 26)*

159. Unsere Brüder sollen bescheidene und unansehnliche Häuser bewohnen. Die Höhe der Außenmauern darf ohne Flachdach zwölf Fuß, mit Flachdach zwanzig Fuß, die Kirche dreißig Fuß nicht überschreiten. Gewölbe dürfen allenfalls über dem Chor und der Sakristei hochgezogen werden. *(Ebd. II, 35)*

3. Studium

Was Dominikus am meisten von den traditionellen Orden der Kirche unterscheidet, ist das neue Element, das er ins Ordensleben einführte und dem er einen beträchtlichen Teil seiner Gesetzgebung widmete: das Studium. Es ersetzt die Handarbeit der Mönche, die auch die Chorherrenverbände und verschiedene Kreise, welche die «apostolische Lebensweise» in ihr Programm aufgenommen hatten, übernahmen. Bei den Katharern und Waldensern, den Katholischen Armen und Lombarden stand das Studium der Schrift hingegen hoch im Kurs, doch war es bei ihnen zu einseitig auf ihr eigenes Gedankengut oder die Bekämpfung abweichender Strömungen ausgerichtet. Bei Dominikus dient das Studium, wie die Armut, der Verkündigung der Frohbotschaft. Er beschränkt sich nicht auf jene Glaubenswahrheiten, auf die er bei der Auseinandersetzung mit den häretischen Bewegungen zurückgreifen mußte, sondern er bemüht sich, den ganzen Inhalt des Glaubens geistig zu durchdringen.

Dominikus antwortet damit auf eine der größten Nöte der damaligen Kirche: die theologische Unwissenheit eines großen Teils des Klerus und die dadurch bedingte mangelhafte Evangelisierung des Volkes. Da das Studium mit dem Ordensziel aufs engste verknüpft war und die notwendige Voraussetzung einer glaubwürdigen Verkündigung bildete, verlagert er manche Ordenstraditionen so, daß sie dem Studium nicht hemmend im Wege standen. Den begabteren Studenten schafft er durch die Dispens von verschiedenen Verpflichtungen die Möglichkeit, sich dem Studium ungestört zu widmen. Die für die Predigt bestimmten Brüder mußten einige Jahre dem Studium der Theologie obliegen und die Zeit, die sie nach der Rückkehr von ihrer Tätigkeit draußen im Konvent verbrachten, zur Weiterbildung verwenden. Für die Bildung und Weiterbildung wurde in jedem Kloster ein Lektor (Lehrer) der Theologie beauftragt. Abgesehen von einer gediegeneren Art der Verkündigung diente das Studium auch der persönlichen geistigen Bereicherung der Brüder, die in ihm neue Nahrung für ihr Gebetsleben fanden.

Dank der Einführung des Studiums in die Verfassung des Ordens wirkt Dominikus nicht nur für seine Zeit bahnbrechend, sondern beeinflußt damit ganze Generationen maßgebend. Die theologische Wissenschaft erfährt an den theologischen Fakultäten, wo die Predigerbrüder bald die ersten Lehrstühle erhalten, eine große Blütezeit, die geistige und geistliche Bildung des Klerus wird allgemein gehoben, und neue Zugänge zu den Quellen der Mystik werden erschlossen. So bekommt neben der Spekulation auch die religiöse Erfahrung einen neuen Nährboden.

160. Dominikus wurde nach Palencia geschickt, auf daß er in den freien Künsten unterrichtet werde, ein Studium, das damals dort sehr gut war. Nachdem er dieses nach seiner Meinung genügend studiert hatte, wechselte er zur Theolo-

gie, als ob er fürchtete, ob der Not der Zeit seine Zeit nicht fruchtbringend genug zu nutzen, und er begann das göttliche Wort mit solcher Leidenschaft in sich aufzunehmen, als wäre es für seinen Mund süßer als Honig. *(Jordan, Anfänge 6)*

Bei seinen Auseinandersetzungen mit den Andersgläubigen in Südfrankreich erkannte er die dringliche Notwendigkeit einer soliden theologischen Ausbildung. Er schickte auch seine ersten Brüder in Toulouse zu einem dortigen Professor der Theologie zum Studium.

161. In Toulouse lehrte ein berühmter, vornehmer Magister der Theologie. Als er eines Morgens seine Vorlesungen überdachte, wurde er von tiefem Schlaf übermannt und legte darum seinen Kopf für kurze Zeit auf sein Pult und begann zu schlafen. Da sah er, wie sich ihm zur selben Stunde sieben Sterne präsentierten. Während er sich noch über das Ungewöhnliche dieser Szene wunderte, wuchsen diese Sterne an Licht und Zahl, so daß sie die ganze Gegend, ja die Welt erleuchteten. Dann erwachte er plötzlich und sah, daß es Tag geworden war. Er rief die Diener, die seine Bücher zu tragen hatten, und betrat bald danach das Schulgebäude. Und siehe da: der selige Dominikus trat mit sechs Gefährten, die dasselbe Ordenskleid trugen, demütig vor den besagten Magister, und sie vertrauten ihm an, daß sie die Brüder seien, die das Evangelium im Gebiet von Toulouse den Ungläubigen und Gläubigen predigten, und sie gaben ihm zu verstehen, daß sie gekommen, seinen Unterricht zu besuchen, und daß sie begierig seien, seine Vorlesungen zu hören. Der Magister unterrichtete diese sieben Brüder lange Zeit als seine vertrauten und ihm ergebenen Schüler. Er dachte an die Vision, die er gehabt hatte, und sah im seligen Dominikus und seinen Ge-

fährten die leuchtenden Sterne, deren Name und Wissen so plötzlich zu leuchten begonnen hatten. Er begegnete ihnen mit großer Verehrung und umfing sie mit einer tiefen Zuneigung. – Das hatte der besagte Magister dem Bruder Arnulf von Bethunien und seinen Gefährten erzählt, als sie in England am Hof des Königs waren. *(Humbert, Legende 40)*

Dominikus fordert sogar von Honorius III., einigen Professoren und Studenten der Pariser Universität zu befehlen, sich nach Toulouse zu begeben und dort die Predigerbrüder zu unterrichten und ihnen in ihrer schwierigen Aufgabe zu helfen. Hätte Dominikus nicht bald seinen Plan geändert, hätte er wohl indirekt die Gründung der Universität Toulouse veranlaßt. – 19. Januar 1217: Papst Honorius III. bittet die Professoren und Studenten der Theologie zu Paris, daß einige aus ihren Reihen sich ins Gebiet von Toulouse begeben, um dort an der Bekehrung der Irrlehrer mitzuwirken.

162. Wenn jenes Gebiet nicht wie frisches Brachland von neuen Bauern und Siedlern in Pflege genommen wird, dann werden die abgehauenen Wurzeln auf ihm wieder ausschlagen und Giftschlangen sich dorthin flüchten; so wird es am Ende schlimmer sein als vorher (Mt 12,45). Damit dies nicht geschehe, bitten und ermahnen Wir Eure Gemeinschaft inständig durch Apostolisches Schreiben, daß einige von Euch dorthin gehen. Denn Wir bemerken, daß es dank der Gnade Gottes unter Euch viele gibt, die Freude haben an der Weisung des Herrn und wie ein Baum, der an Wasserbächen gepflanzt ist (Ps 1,2–3), schon lange an den Strömen der Lehre sitzen: von nun ab können sie besser Frucht tragen, wenn sie verpflanzt sind. Die Sache Gottes mit innerer Überzeugung vertretend, sollen sie wachsam der Lesung, Predigt und Er-

mahnung obliegen und wie gute Verwalter der vielfältigen Gnade Gottes einander mit dieser Gabe dienen (1 Petr 4,10). So sollen sie nach der Vertreibung des alten Jebusiterstammes (Ex 23,23) vor Gott ein annehmbares Volk (Tit 2,14) erstehen lassen. *(Urkundenbuch Nr. 78)*

Trotz der Betonung der Armut verzichtet Dominikus nicht auf Besitz von Büchern, die damals ein Luxus waren. Dominikus prägt seinen Brüdern Liebe zu den Büchern und Eifer für das Studium ein. Er entschloß sich, die ersten Brüder an die berühmteste Universität seiner Zeit, nach Paris, zu schicken.

163. Nach Paris wurden auch Bruder Matthäus, der ehemalige Abt, und Bruder Bertrand geschickt, der später Provinzial der Provence war, ein Mann von großer Heiligkeit und Strenge, der mit sich selber insofern unerbittlich war, als er sein Fleisch konsequent abtötete und sich den Meister Dominikus in vielem zum Vorbild nahm, Dominikus, den er zuweilen auf seinen Reisen begleitet hatte. Diese waren also bestimmt, nach Paris zu gehen mit einem Schreiben des Papstes, auf daß sie dort den Orden einführten. Mit ihnen wurden zwei andere Brüder, diese zum Studium, nach Paris geschickt, nämlich Johannes von Navarra und Bruder Laurentius von England, dem vieles von dem, was ihnen in Paris begegnen sollte, vorher vom Herrn offenbart worden war, nämlich bezüglich der Unterkunft und dem Ort ihrer Häuser und auch, daß viele Brüder in den Orden aufgenommen würden. Das alles hatte er vorausgesagt, und es war so eingetroffen. Außer diesen wurden noch Bruder Mamès, der Stiefbruder des Dominikus, und Bruder Michael von Spanien nach Paris geschickt, die ein normannischer Laienbruder namens Oderius begleitete. *(Jordan, Anfänge 51)*

164. Bruder Johannes von Spanien sagte: Bruder Dominikus mahnte und ermunterte oft die Brüder des Ordens mündlich und in seinen Briefen, sie sollten immer im Neuen und im Alten Testament studieren. Ich habe ihn gehört und seine Briefe gelesen. Er selber trug immer das Matthäusevangelium und die Briefe des Paulus bei sich. Und er vertiefte sich so oft in sie, daß er sie fast auswendig wußte. *(Prozeß Bologna 29)*

Die ältesten Konstitutionen des Ordens enthalten mehrere Vorschriften über das Studium, aus denen seine Bedeutung für den Orden ersichtlich ist: als unabdingbares Mittel zum Zweck. Es ist der erste Orden in der Geschichte, der sich ein ausführliches Gesetz über das Studium gibt.

165. In seinem Konvent soll der Obere die Vollmacht haben, die Brüder von Verpflichtungen zu entbinden, wenn es ihm zu gegebener Zeit günstig vorkommt, besonders in Dingen, die das Studium, die Predigt oder das fruchtbare Wirken an den Seelen zu behindern scheinen. Denn unser Orden ist bekanntlich von Anfang an eigens um der Predigt und des Heils der Seelen willen gegründet worden. So muß unser Studium hauptsächlich und mit höchstem Einsatz dies glühend anstreben, daß wir den Seelen unserer Nächsten nützlich sein können. *(Älteste Konstitutionen, Prolog)*

166. (Der Novizenmeister hat die Novizen darin zu unterweisen:) daß sie mit Büchern, Kleidern und auch den übrigen Sachen des Klosters sorgfältig umgehen müssen; wie aufmerksam sie beim Studium sein sollen, so daß sie Tag und Nacht (Ps 1,2), im Haus und auf Reisen, ständig etwas lesen oder überdenken und bemüht sind, soviel wie möglich im

Herzen zu behalten; wie eifrig sie bei gelegener Zeit in der Verkündigung sein müssen. *(Ebd. I, 13)*

167. Ein Konvent darf mit Erlaubnis des Generalkapitels nur ausgesandt werden, wenn er mindestens zwölf Brüder umfaßt und mit einem Prior und einem Lehrer der Theologie versehen ist. *(Ebd. II, 23)*

168. Sorgfältiges Augenmerk ist den Studenten zuzuwenden. Deshalb sollen sie einen eigens hierfür ausgesuchten Bruder haben, von dessen Erlaubnis es abhängt, was sie in ihren Heften schriftlich festhalten oder welche Vorlesungen sie besuchen können. Stellt er hinsichtlich des Studiums bei ihnen etwas fest, was gebessert werden müßte, soll er das tun und, wenn diese Zurechtweisung seine Kräfte übersteigt, die Angelegenheit dem Oberen vortragen. Die Bücher der Heiden und Philosophen dürfen sie nicht studieren, wohl aber stundenweise in sie Einsicht nehmen. Die weltlichen Wissenschaften und auch die sogenannten freien Künste dürfen sie nicht erlernen, es sei denn, der Ordensmeister oder das Generalkapitel wolle manchmal bei einigen Studenten anders entscheiden. Vielmehr sollen die jungen Brüder, ebenso wie die anderen, nur theologische Bücher lesen. *(Ebd. II, 28)*

169. Der Obere soll mit den Studierenden ihre Verpflichtungen betreffend so verfahren, daß sie nicht leichthin wegen einer Obliegenheit oder eines sonstigen Auftrags vom Studium abgehalten oder darin behindert werden. Nach Gutdünken des Studentenmeisters ist ein eigener Raum zu bestimmen, wo sie anschließend an eine Disputation oder nach der Vesper oder auch in ihrer Freizeit in seiner Gegenwart zusammenkommen können, um Unklarheiten und Fragen

durchzusprechen. Wenn einer eine Frage stellt oder ein Problem aufwirft, sollen die andern schweigen, um den Redenden nicht zu behindern. Verletzt ein Student bei einer Frage, einem Einwand oder einer Antwort durch unziemliches, wirres, lärmendes oder unbeherrschtes Betragen die Spielregeln, soll ihn der jeweilige Gesprächsleiter sofort zurechtweisen. Nicht alle Studierenden bekommen eine Zelle zugewiesen, sondern nur solche, von denen ihr Meister den Eindruck hat, daß sie daraus Nutzen ziehen. Wenn sich aber herausstellt, daß jemand beim Studium auf keinen grünen Zweig kommt, muß er seine Zelle einem Studienkollegen abtreten und mit andern Aufgaben beschäftigt werden. Wer will, darf um des Studiums willen in der Zelle lesen, schreiben, beten, schlafen und sogar während der Nacht bei Licht wach bleiben. *(Ebd. II, 29)*

IV DOMINIKUS UND DIE FRAUEN

Es lag ganz in der Linie der «apostolischen Lebensweise», daß die katholischen und häretischen Wanderprediger des 12. und beginnenden 13. Jahrhunderts Frauen mit sich führten, ein Element, das, wie es scheint, allmählich überhand nahm. Ausnahmsweise hören wir auch von Frauen, die in den «Schulen» oder «Hospizen» der Häretiker predigen. Diese Anstalten gleichen mehr klösterlichen Verbänden, welche die weibliche Jugend unterrichten und den Wanderpredigern Gastfreundschaft erweisen. Die katholischen Prediger, die seßhaft wurden und Klöster gründeten, reservierten einen Teil der klösterlichen Niederlassung Frauen, die sie weiter betreuten. Auf diese Weise entstanden die sogenannten Doppelklöster. Aber das Umherziehen mit dem weiblichen Geschlecht geriet vor allem zu Beginn des 13. Jahrhunderts in Mißkredit. Dominikus gewann bei seiner Predigttätigkeit im Languedoc an der Seite Bischof Diegos und der apostolischen Legaten von Anfang an Frauen für die Nachfolge Christi, unter denen sicher auch vom Irrglauben Bekehrte waren. Für sie gründet er das Kloster Prouille, das in der Folge einen wichtigen Bestandteil des «Heiligen Predigtwerkes» und später des Predigerordens bildet. In den ersten Zeiten seiner Existenz nimmt es ähnliche Aufgaben wahr wie die Hospize der Albigenser, nämlich materielle Unterstützung der Wanderpediger und wahrscheinlich auch Aufnahme von Frauen und Mädchen, die durch die Irrlehre gefährdet waren. Die Frauenseelsorge gehört für Dominikus wesentlich zu seinem apostolischen Programm und entspringt seiner natürlichen Veran-

lagung. *Er folgt dabei dem Vorbild Christi und der Apostel (Lk 8,1–3; 23,49.55; 24,10.22; Röm 16,1–15; 1 Kor 9,5). Es kam hinzu, daß die großen Orden damals dem starken Andrang von religiös strebsamen Frauen, der in dieser Zeit einen Höhepunkt erreicht, zu wehren suchten, die Schwesternklöster aus ihren Verbänden ausschlossen und ihre Betreuung aufgaben. Dadurch wurden die Frauen auch in der Kirche an den Rand gedrängt. In der Gesellschaft standen sie ohnehin am Rand, sieht man einmal von der dünnen Schicht adeliger Damen ab, die durch die ritterlichen und höfischen Sitten vergöttert und von den Minnesängern besungen wurden. Dieser Schicht begegnet Dominikus eher selten; er trifft vornehmlich auf arme, leidende, ausgebeutete, verführte und erniedrigte Frauen, um die sich, trotz ihres Verlangens nach einem religiösen Leben, fast niemand kümmerte. Deshalb bezieht er die Frauenseelsorge bewußt in seine Pläne ein. Neben dem Kloster in Prouille rief er ein Frauenkloster in Madrid ins Leben und verpflichtete die dortigen Predigerbrüder, den Schwestern ihr Haus zur Verfügung zu stellen. In Bologna will er auf die Erweiterung des Predigerklosters verzichten und lieber für die Schwestern ein Zuhause bauen. Zu seinem größten Unternehmen auf diesem Gebiet gehört aber die Reform der römischen Nonnen und die Gründung des Reformklosters bei San Sisto, das durch das Leben der Schwestern und seine Regel die zukünftige Entwicklung der Frauenorden als Musterkloster maßgebend beeinflußte.*

170. Auf seinem Sterbebett sagte Dominikus: «Seht, bis zu dieser Stunde hat mich die göttliche Barmherzigkeit in der Unversehrtheit des Fleisches bewahrt. Aber ich muß bekennen, daß ich der Unvollkommenheit nicht entging, daß nämlich Gespräche mit jungen Frauen mein Herz mehr berührten, als wenn mich alte ansprachen.» *(Jordan, Anfänge 92)*

Gleich zu Beginn seiner Predigttätigkeit in Südfrankreich an der Seite des Bischofs Diego und der päpstlichen Legaten spricht Dominikus auch Frauen an, wie aus einer Urkunde des Erzbischofs von Narbonne, Berengar, zu erfahren ist (17.4.1207): Er schenkte dem kurz vorher gegründeten Frauenkloster bei der Kirche von Prouille die Kirche St. Martin in Limoux: «Wir schenken die Kirche der Priorin und den Nonnen, die von Bruder Dominikus von Osma und seinen Gefährten durch Predigt und Beispiel bekehrt worden sind.»
Jordan schreibt die Gründung des Klosters allein dem Bischof Diego zu. Nach dem Weggang des Bischofs Diego lastet die Sorge um dieses Kloster auf Dominikus. Nach der Gründung des neuen Ordens wurde es diesem eingegliedert.

171. Um aber gewisse noble Frauen aufnehmen zu können, die von ihren verarmten Eltern den Häretikern zur Erziehung und Ernährung übergeben worden waren, gründete er [Bischof Diego] ein Kloster an einem Ort mit Namen Prouille, der zwischen Fanjeaux und Montréal gelegen ist. Dort leisten diese Dienerinnen Christi bis heute ihrem Schöpfer ihren wohlgefälligen Dienst. In großer Heiligkeit, im Glanz ihrer reinen Unschuld führen sie ein Leben, das ihnen selber das Heil bringt, den Menschen ein Beispiel ist, den Engeln angenehm und Gott wohlgefällig. *(Jordan, Anfänge 27)*

Spätere Legenden schmücken die Bekehrung dieser Frauen aus.

172. Nicht weniger gereicht das zum Ruhm der göttlichen Kraft, was durch den Mann Gottes Dominikus mit dem Dämon passiert ist, der von einigen Frauen ausgefahren ist. Diese Frauen waren vom Geist des Irrtums geplagt worden. Do-

minikus hatte ihn in der Gestalt eines Katers sichtbar vertrieben. Das geschah in der Gegend von Toulouse. Als er im Dorf Fanjeaux in der Predigt den katholischen Glauben bewiesen und die Unredlichkeit der Häretiker verurteilt hatte, blieb er seiner Gewohnheit gemäß in der Kirche, um zu beten. Da kamen neun vornehme Frauen aus diesem Dorf in die Kirche, warfen sich ihm zu Füßen und sprachen: «Diener Gottes, hilf uns! Wenn das wahr ist, was du heute in der Predigt gesagt hast, dann ist unser Geist schon lange vom Geist des Irrtums geblendet. Denn wir hingen bis heute den Leuten an und glaubten ihnen, die du als Häretiker hingestellt hast, wir aber für gute Menschen hielten. Nun stehen wir mitten drin. Diener Gottes, hilf uns und bete zu Gott, deinem Herrn, damit er uns den Glauben offenbare, in dem wir leben und sterben sollen und gerettet werden.» *(Konstantin von Orvieto, Legende 48)*

173. Auf das hin stand der Mann Gottes einen Moment lang da und betete für sich, dann sagte er ihnen: «Seid standhaft und wartet ohne Furcht; ich vertraue dem Herrn, unserm Gott, daß er, der niemanden verloren gehen läßt, euch zeigen wird, welchem Herrn ihr bis anhin angehangen habt.» Und plötzlich sahen sie aus ihrer Mitte einen ganz schrecklichen Kater hervorspringen, so groß wie ein großer Hund, der hatte riesige flammende Augen, eine lange und breite, blutige Zunge, die ihm heraushing bis zum Nabel, und einen kurzen nach oben stehenden Schwanz; wenn er sich drehte, zeigte er seinen scheußlichen Hintern, von dem ein unausstehlicher Gestank ausging. Als er fast eine Stunde lang um die Frauen herumgegangen war, sprang er an das Seil, das von der Glocke herabhing, kletterte daran hinauf und verschwand durch den Glockenturm, stinkende Spuren hinterlassend. Der

Mann Gottes wandte sich zu den Frauen, tröstete sie und sprach: «Seht ihr: An dem, was Gott unsern Augen vorführte, könnt ihr ermessen, wer der ist, dem ihr bisher gedient habt, da ihr den Häretikern folgtet.» Diese aber dankten Gott und bekehrten sich von Stund an ganz zum katholischen Glauben. Einige von ihnen empfingen das Ordenskleid bei den Schwestern von Prouille. Jener häßliche Kater mit seinen verschiedenen Häßlichkeiten sollte etwas Wahres aufzeigen, aber da dies nicht zu meinem Thema gehört – ich will ja Geschichtliches berichten – lasse ich das aus und gehe weiter. Hinzufügen möchte ich aber, daß der Geist dieser Frauen, der so lange im Irrtum gefangen gewesen war, leichter durch diese schreckliche Vision, die sich äußerlich dem Auge darbot, bekehrt werden konnte, als einfach nur mit der Überzeugungskraft der Worte. *(Ebd. 49)*

Im Jahre 1215 schenkte Bischof Fulco Dominikus ein Hospiz in Toulouse, wo er wieder versuchte, ein Frauenkloster zu gründen. Weil die Geldmittel nicht reichten, mußte er diesen Plan aufgeben. Besser gelang es ihm in Madrid im Jahre 1219. Der einzige Brief aus Dominikus Hand, der uns erhalten geblieben ist, ist an diese Schwestern gerichtet.

174. Bruder Dominikus, Meister der Prediger, wünscht der geliebten Priorin und dem ganzen Konvent der Nonnen von Madrid Heil und Besserung von Tag zu Tag.
Wir freuen uns sehr und danken Gott für die Glut Eures heiligen Wandels und dafür, daß Gott Euch aus der Fäulnis dieser Welt befreit hat.
Kämpft, meine Töchter, gegen den alten Feind beharrlich mit Fasten, denn nur der erhält den Siegeskranz, der vorschriftsmäßig gekämpft hat (2 Tim 2,5)!

Bisher habt Ihr kein Haus gehabt, wo Ihr Euren Ordenssatzungen entsprechend leben konntet. Jetzt aber könnt Ihr Euch damit nicht mehr entschuldigen, da Ihr nun dank der Gnade Gottes genug geeignete Räume besitzt, die ein regeltreues Ordensleben ermöglichen. Außerdem will ich, daß Ihr an den Orten, wo das Reden untersagt ist, nämlich im Speisesaal, im Schlafsaal und im Betsaal, das Stillschweigen beobachtet und auch in allen andern Dingen Eure Ordenssatzung eingehalten werde. Keine Schwester darf die Pforte überschreiten, und niemand darf das Kloster betreten, abgesehen vom Bischof oder einem anderen Prälaten, die zur Predigt oder zur Visitation kommen. Spart nicht mit Bußübungen und Nachtwachen! Seid Eurer Priorin gehorsam! Klatscht nicht miteinander und vergeudet Eure Zeit nicht mit seichtem Gerede!

Weil wir Euch nicht mit irdischen Gütern unterstützen können, wollen wir Euch nicht dadurch belasten, daß irgendein Bruder die Befugnis habe, Frauen in Eure Gemeinschaft aufzunehmen oder einzuweisen, es sei denn mit Zustimmung der Priorin und ihres Rates.

Ferner tragen wir unserem lieben Bruder [Mamès], der sich viel Mühe gegeben und Euch mit diesem heiligen Lebensstand vermählt hat, auf, Euch in allem nach seinem Gutdünken zu leiten und zu unterweisen, damit Ihr als gute Ordensfrauen recht treu und heiligmäßig leben könnt. Auch geben wir ihm die Vollmacht, Euch zu visitieren, zurechtzuweisen und die Priorin, falls es nötig sein sollte, mit Zustimmung der Mehrheit der Nonnen, abzusetzen. Wir gewähren ihm zudem die Erlaubnis, Euch von der einen oder anderen Verpflichtung, sofern es ihm gut scheint, zu dispensieren. Lebt wohl in Christus! *(Urkundenbuch Nr. 125)*

Während seiner verschiedenen Aufenthalte in Rom galt seine Sorge den ärmsten unter den Frauen, den sogenannten Reklusen, das heißt den freiwillig für Christus Gefangenen, die bei Kirchen oder in der Stadtmauer eingemauert waren und in großem Elend lebten.

175. Im folgenden etwas über die Betreuung der Gefangenen. Zu diesem guten Werk muntert uns zuerst das Beispiel von Christus auf, dann das der Heiligen, auch der heute noch lebenden, von denen der Apostel im Hebräerbrief sagt: «Ihr hattet Mitleid mit den Gefangenen» (Hebr 10,34). Über den seligen Dominikus berichtete mir Bartholomäus von Cluses. (Dieser hatte in Rom bei Dominikus gebeichtet und ihm gesagt, daß er nicht in den Orden eintreten wolle, und noch anderes, was dann später doch eintraf.) Als der selige Dominikus in Rom war, ging er fast jeden Tag nach dem Stundengebet den Mauern der Stadt entlang und an andere Orte, wo Reklusen waren, und gab ihnen mahnende Worte für das Heil ihrer Seele. *(Stephan von Bourbon, Predigtmaterialien, Nr. 158)*

Schwester Cäcilia berichtet uns von zwei Reklusen, die von Dominikus in Rom betreut wurden. Hier der Bericht über die eine.

176. Eine Rekluse wohnte hinter der Kirche der hl. Anastasia. Sie hieß Schwester Luzia; Sr. Cäcilia hatte sie, bevor sie ins Kloster eingetreten war, oft gesehen. Sr. Luzia hatte am einen Arm eine schwere Krankheit, die die Haut und das Fleisch so zerfressen hatte, daß die Knochen sichtbar wurden. Wenn der selige Dominikus auf dem Wege nach St. Sixtus dort vorbeiging, besuchte er sie oft. Eines Tages, als er sie mit Bruder Bertrand, dem Spanier, und ein paar anderen besuchte, ließ

er sie den Arm zeigen, an dem sie diese Krankheit hatte. Er machte ein Kreuzzeichen darauf, segnete sie und ging dann weg. Die Schwester aber erhielt so durch die Verdienste des seligen Dominikus die volle Gesundheit zurück *(Cäcilia, Wundergeschichten 13)*

177. Eine Bürgerin von Rom namens Tutadonna dei Buvalischi von der Pfarrei des heiligen Erlösers, eine Witwe, hegte eine große Verehrung für den seligen Dominikus. Sie hatte einen einzigen kleinen Sohn, und der war schwer krank. Eines Tages, als Dominikus in der Kirche von S. Marco predigte, ging diese Frau auch zur Predigt, weil sie sich so sehnte, das Wort Gottes aus seinem Munde gepredigt zu hören. Den kranken Knaben ließ sie zu Hause. Als die Predigt zu Ende war und sie wieder nach Hause kam, war er tot. Sie war niedergeschlagen, hüllte aber ihre Trauer in Schweigen und vertraute auf die Kraft Gottes und die Verdienste des seligen Dominikus. Sie nahm ihren toten Sohn und kam zusammen mit ihren Mägden zum seligen Dominikus nach St. Sixtus, wo er sich mit seinen Brüdern aufhielt. Weil das Haus gerade für die Aufnahme der Schwestern instand gestellt wurde, gingen mit den Handwerkern auch andere Leute ein und aus. So ging also auch sie hinein und fand ihn am Eingang des Kapitelsaales, als ob er auf etwas gewartet hätte. Sie legte ihren Sohn vor seine Füße, warf sich vor ihm nieder und begann ihn unter Tränen anzuflehen, er möge ihr ihren Sohn zurückgeben. Dominikus hatte Mitleid mit ihr, die so schmerzlich litt, er ging ein wenig von ihr weg und betete kurz. Nach dem Gebet stand er auf, ging zu dem Leichnam des Knaben und machte ein Kreuzzeichen. Dann nahm er ihn bei der Hand, hob ihn auf und gab ihn lebend, gesund und unversehrt seiner Mutter zurück mit dem Befehl, es nie-

mandem zu sagen. Sie aber ging mit großer Freude mit ihrem Sohn nach Hause. Sie erzählte, was mit ihr und ihrem Sohn passiert sei, so daß es auch zu den Ohren des Papstes gelangte. Der wollte dieses Wunder öffentlich bekanntgeben. Aber der selige Dominikus, der von einer echten Demut war, verbot es ihm und sagte ihm, wenn er es täte, würde er zu den Sarazenen gehen und nicht mehr in der Gegend bleiben. Das aber wollte der Papst nicht und gab es deshalb nicht bekannt. *(Ebd. 1)*

Dominikus nahm sich der römischen Nonnen an und versuchte das Reformwerk von Innozenz III. in Rom zu verwirklichen und so ein Reformkloster für römische Nonnen zu gründen. Es gelang ihm, ein Kloster, das jede Disziplin verloren hatte, zu reformieren und die Schwestern dann in das neue Kloster, St. Sixtus, zu bringen. Dieses wurde zum Musterkloster, dem Dominikus seine Regel gegeben hat. Es wird zum Vorbild für die Reform der Schwesternklöster. Wir sind sehr gut über dieses Reformwerk informiert, durch Urkunden und dank Sr. Cäcilia. Sie teilt auch kostbare Einzelheiten mit.

178. Der Papst Honorius seligen Angedenkens übertrug dem seligen Dominikus die Aufgabe, alle Nonnen, die in verschiedenen Klöstern in Rom und Umgebung waren, in einem einzigen Konvent zu sammeln und sie dann im neu errichteten Kloster von St. Sixtus wohnen zu lassen. Dominikus bat den Papst, daß er ihm geeignete Leute an die Hand gebe, um dieses große Werk auszuführen. Er gab ihm Hugolin, den Bischof von Ostia und späteren Papst, Stephan von Fossanova, Kardinal mit der Titularkirche der hl. Apostel, und Nikolaus, Kardinal und Bischof von Tusculum. Diese sollten ihm in allem zur Seite stehen. Da aber zuerst alle Nonnen

Widerstand leisteten und – soweit wie möglich – dem Papst und Dominikus nicht gehorchen wollten, stellte sich dann die Äbtissin von S. Maria in Tempulo mit all ihren Nonnen – mit einer Ausnahme – Dominikus zur Verfügung, samt allen Besitzungen und Einkünften, die zum Kloster gehörten. Dominikus setzte mit den drei Kardinälen fest, daß sie alle am ersten Mittwoch der Fastenzeit nach Empfang der Asche in St. Sixtus zusammenkommen sollten, wo dann die Äbtissin in Gegenwart aller Schwestern auf ihr Amt verzichten und alle Rechte des früheren Klosters ihm und seinen Brüdern zur Verfügung stellen sollten. *(Cäcilia, Wundergeschichten 2)*

179. Dominikus sammelte also auf Befehl des Papstes Honorius alle Nonnen der verschiedenen Klöster Roms in dem einen bei St. Sixtus, wo bisher die Brüder gewohnt hatten. Unter ihnen war die Äbtissin von S. Maria in Tempulo – wo das Bild der Heiligen Jungfrau war, das heute in St. Sixtus ist – und Schwester Cäcilia und alle Schwestern jenes Klosters außer einer, die nun in die Hände von Dominikus ihre Profeß ablegten. Die Äbtissin versprach, mit allen einzutreten, wenn das Bild der Heiligen Jungfrau bei ihnen in der Kirche von St. Sixtus bliebe. Wenn aber jenes Bild in die alte Kirche zurückkehre, wie es früher geschehen war, wären sie und alle andern von ihren Gelübden entbunden. Dominikus nahm diese Bedingung gerne an. Nachdem sie Profeß gemacht hatten, gab er ihnen seinen Willen bekannt, daß sie das Kloster nicht mehr verlassen sollten, um Verwandte oder andere Leute zu besuchen. Als das die Verwandten hörten, kamen sie her und stritten sich heftig mit der Äbtissin und den Schwestern, weil sie ein so vornehmes Kloster zerstören und sich in die Hände dieses unbekannten Landstreichers geben wollten. Da bereuten einige die Profeß, die sie abgelegt hat-

ten. Das bemerkte Dominikus, und er kam eines Morgens nach der Predigt und nach der Messe zu ihnen und sagte: «Meine Töchter, ihr bereut schon und wollt eure Schritte vom Weg des Herrn weglenken? Ich will, daß alle, die aus eigenem Willen eintreten wollen, noch einmal in meine Hände das bekennen.» Da legte die Äbtissin mit den andern noch einmal Profeß in seine Hände ab, wobei zwar einige bereut hatten, es vorher getan zu haben, aber durch seine Verdienste zurückgeholt worden waren. Als alle nun unter der gleichen Bedingung wie am Anfang Profeß gemacht hatten, nahm Dominikus alle Schlüssel des Klosters und erhielt die volle Gewalt über es. Er bestellte Laienbrüder, die es Tag und Nacht bewachen und den eingeschlossenen Schwestern Nahrung und was sonst nötig war bringen sollten. Und er gestattete nicht mehr, daß sie allein mit Verwandten oder andern Personen redeten. Als der Papst den Brüdern die Kirche von S. Sabina gegeben hatte und diese ihre Wohnung dorthin verlegten und als sie alle Gerätschaften und Bücher dorthin gebracht hatten, wollte Dominikus, daß die Äbtissin und die Schwestern in St. Sixtus Wohnung nähmen. Am ersten Fastensonntag zogen sie dorthin. Als erste von allen empfing Sr. Cäcilia, die damals etwa siebzehn Jahre alt war, von Dominikus beim Eingang das Ordenskleid und legte in seine Hände – zum dritten Male – ihre Profeß ab, nach ihr die Äbtissin und alle Nonnen ihres Klosters und noch viele andere, Schwestern und Laien, so daß sie insgesamt vierundvierzig waren. Das Bild der Heiligen Jungfrau brachten sie in der Nacht nach dem Einzug der Schwestern in die Kirche von St. Sixtus. In der Nacht, weil man die Römer fürchtete, die nicht wollten, daß es am alten Ort weggenommen werde, weil man es dort besser sehen konnte. Dominikus trug es zusammen mit den beiden Kardinälen Nikolaus und Stephan, in Begleitung vieler anderer Personen, barfuß gehend, auf den Schultern, wobei ihnen voraus und hinterher viele Lichter getragen wurden. Und die Schwestern erwarteten es im Gebet, auch sie barfuß, und brachten es mit großer Verehrung in ihre Kirche. Dort ist es bis heute bei den Schwestern zum Lobe unseres Herrn Jesus Christus, dem die Ehre und der Ruhm gebührt in Ewigkeit. Amen. *(Ebd. 14)*

Auch in Bologna versucht Dominikus ein Frauenkloster zu gründen. Die Hauptperson ist Diana, eine intelligente, anmutige und hübsche Tochter der Familie degli Andalò.

180. Im Jahre 1218 schickte der selige Vater Dominikus die Predigerbrüder von Rom aus nach Bologna. Sie baten Bruder Rudolf um die Kirche von St. Nikolaus, die an einem Platz stand, den man «Zum Weinberg» nannte und deren Priester Bruder Rudolf war. Der Platz gehörte einem Herrn Andalò, dem Vater der berühmten Frau Diana. Aber Andalò wollte den Brüdern den Platz nicht abtreten. Schließlich gab er doch seine Zustimmung, und zwar auf das Betreiben der Frau Diana hin, die später die Gründerin des Hauses S. Agnese wurde. Davon weiter unten. Die Brüder errichteten dort ein Haus und einen Kreuzgang, und mit Hilfe der Gnade Christi begannen sie an Zahl zu wachsen. Da kam Magister Reginald nach Bologna und predigte das Wort Gottes mit großem Eifer. Die schon genannte Frau Diana, Tochter des Herrn Andalò, wurde auf diese Predigt hin vom Geist Gottes bewegt und begann, allen Prunk zu verachten, nahm Kontakt mit den Predigerbrüdern auf und pflegte mit ihnen eine gewisse Vertrautheit. Als dann der selige Dominikus nach Bologna kam, liebte sie ihn mit ganzer Seele und begann mit ihm über ihr Heil zu sprechen. Kurze Zeit darauf legte sie

vor dem Altar von St. Nikolaus in seine Hände Profeß ab, in Gegenwart von Magister Reginald und anderer Brüder und in Gegenwart von einigen Frauen, die heute noch leben. Nach ihrem Beispiel begannen dann auch andere sehr vornehme Damen und berühmte Frauen von Bologna mit den Predigerbrüdern familiären Umgang zu pflegen und Gespräche über das Seelenheil zu führen. Daraus wiederum entstand die Ergebenheit von vielen Edelleuten und Verwandten dieser Frauen, die dann ihrerseits die Brüder unterstützten und verehrten.

Die Frau Diana hatte indessen ihre Gelübde nicht vergessen und begann mit Dominikus ein Gespräch darüber, wie sie es wirksam werden lassen könnte. Eines Tages versammelte Dominikus seine Brüder und bat sie um ihre Zustimmung für den Bau eines Hauses für die Frauen, das dem Orden angehören und nach ihm benannt sein sollte. Nachdem jeder seine Meinung gesagt hatte, sagte der Selige: «Ich will euch heute keine definitive Antwort geben, sondern zuerst den Rat des Herrn erbitten. Morgen sollt ihr meine Antwort haben.» Und nach seiner Gewohnheit gab er sich ganz dem Gebet hin. Am folgenden Tag nach dem Stundengebet setzte er sich im Kapitelsaal unter seine Brüder und eröffnete ihnen: «Brüder, wir müssen auf alle Fälle dieses Haus für die Frauen bauen, selbst wenn wir auf die Arbeiten für unser eigenes verzichten müssen.» Da er bald danach von Bologna abreisen mußte, übertrug er dieses Geschäft vier Brüdern. Diese vier fanden einen Ort, wo das Haus hätte gebaut werden können. Aber der Bischof von Bologna wollte es nicht dort haben, weil es zu nahe bei der Stadt sei. Zu dieser Zeit lebte die Frau Diana im Hause ihres Vaters, aber nur dem Leibe nach, nicht geistig. Denn sie trug auf ihrem Leib ein Bußhemd und eine Eisenkette, darüber aber purpurne und seidene Kleider und

zweifelt, aber sie ließen sie dort. Sie blieb dort vom Fest Allerheiligen bis zur Oktavwoche von Himmelfahrt, während der Magister Jordan, damals Provinzial der Lombardei, zusammen mit den vier von Dominikus Beauftragten das lang ersehnte Werk zu einem glücklichen Abschluß führen konnte. Und weil, wie gesagt, der Bischof nicht wollte, daß die Kirche am besagten Ort gebaut werde, weil zu nahe bei der Stadt, suchten die Brüder zusammen mit den Verwandten der Frau Diana einen andern Ort und fanden ihn im Valle di S. Pietro. Später nannte man den Ort Monti di S. Agnese.
(Chronik von S. Agnese 40–44)

ANHANG

Zeittafel

ca. 1173–75: Dominikus wird in Caleruega in Kastilien geboren.
1199, Mai, 11.: Innozenz III. bestätigt die Reformstatuten des Kapitels in Osma.
1201, Januar, 13.: Dominikus ist Subprior des Kapitels.
zwischen 1203 und 1206: Er unternimmt mit seinem Bischof Diego von Azebes zweimal die Reise nach Norddeutschland.
1206, im Frühjahr: Die beiden verhandeln mit Innozenz III. in Rom, um als Missionare zu den Kumanen zu gehen.
1206, Sommer: Sie begegnen den drei päpstlichen Legaten und Zisterzienseräbten bei Montpellier und raten ihnen zu einer neuen Methode bei der Bekämpfung der Häresie in Südfrankreich.
1206, November, 17.: Innozenz III. bestätigt die neue Predigtweise der päpstlichen Legaten, des Bischofs Diego und Dominikus.
1206, Dezember, 27.: Diego und Dominikus gründen ein Frauenkloster in Prouille.
1207, Dezember, 30.: Bischof Diego stirbt in Osma.
1208, Januar, 14.: Der päpstliche Legat Peter von Castelnau wird ermordet.
1208, März, 10.: Innozenz III. ruft zum Kreuzzug gegen die Häretiker und ihre Schutzherren im Languedoc auf.
bis 1215: Dominikus, leitet das «Heilige Predigtwerk» im Languedoc während des grausamen Krieges, übt «die apostolische Lebensweise», indem er im Land umherzieht, mit den Irrenden disputiert, das unverfälschte Wort Gottes verkündet und das Anliegen des Friedens fördert.
1215, zwischen dem 7. und 25. April (wahrscheinlich am Ostertag, dem

19. April): Dominikus gründet einen Diözesan-Predigerorden in Toulouse.

1215, Mai–Juni: Fulco, Bischof von Toulouse, bestätigt den neuen Orden.

1215, Oktober–November: Dominikus weilt als Begleiter des Bischofs Fulco beim IV. Laterankonzil in Rom und bittet Innozenz III. um die Bestätigung seines Ordens. Dieser rät ihm, eine in der Kirche schon approbierte Regel zu wählen.

1216, Sommer: Dominikus und seine Brüder wählen die Regel des hl. Augustinus.

1216, Juli, 16.: Innozenz III. stirbt in Perugia, und am 18. Juli wird Cencio Savelli als Honorius III. zum Papst gewählt.

1216, Spätherbst: Dominikus begibt sich von Toulouse nach Rom und bittet Honorius III. um die Bestätigung seines Predigerordens.

1216, Dezember, 22.: Honorius III. nimmt den Diözesanorden von Dominikus unter seinen Schutz und bestätigt ihm und seinen Brüdern das Leben nach der Regel des hl. Augustinus.

1217, Januar, 21.: Honorius III. bestätigt Dominikus und seinen Brüdern im Kloster St. Roman in Toulouse ihre Predigttätigkeit als Ziel des Ordens und gibt ihnen den Namen «Prediger».

1217, August, 15.: Dominikus sendet die meisten seiner Brüder nach Paris und Spanien aus.

1218, Anfang: Dominikus weilt in Rom, von wo er seine Brüder nach Bologna sendet.

1218, Sommer: Er reist von Rom nach Spanien.

1219, im Frühjahr: Er begibt sich von Spanien über Toulouse nach Paris und von dort aus nach Bologna.

1219, November: Dominikus weilt an der päpstlichen Kurie in Viterbo und bekommt den offiziellen Auftrag, die römischen Nonnen zu reformieren und sie im neugebauten Kloster bei San Sisto zu vereinen.

1220, Mai: Das erste Generalkapitel des Ordens in Bologna gibt dem Orden eine neue Verfassung.

1220: Nach dem Generalkapitel unternimmt Dominikus mit einigen Brüdern und Ordensleuten aus verschiedenen Orden eine Predigtmission in Oberitalien bis in die Mark Ancona.

1220, Ende: Er weilt in Rom.

1221, Februar, 28.: Er gründet das Reformkloster für Schwestern bei der Basilika San Sisto in Rom.

1221, Ende Mai: Zweites Generalkapitel in Bologna.
1221: Nach dem Generalkapitel setzt er seine Missionstätigkeit in Norditalien bis nach Venedig fort.
1221, August, 6.: Dominikus stirbt in Bologna.
1234, Juli, 3.: Gregor IX. spricht ihn heilig.

Quellen

Urkundenbuch: Monumenta diplomatica S. Dominici, hrsg. v. Vladimir J. Koudelka, in: Monumenta Ord. Fr. Praedicatorum historica (= MOPH), Rom 1966.

Älteste Konstitutionen: Die Konstitutionen des Predigerordens unter Jordan von Sachsen, hrsg. v. H. Chr. Scheeben, in: Quellen und Forschungen zur Geschichte des Dominikanerordens in Deutschland 38, Köln – Leipzig 1939, 48–80.

De oudste Constituties van de Dominicanen. Voorgeschiedenis, tekst, bronnen, ontstaan en ontwikkeling (1215–1237), hrsg. v. A. H. Thomas, in: Bibliothèque de la Revue d'histoire ecclésiastique 42, Leuven 1965, 309–369.

Prozeß Bologna: Acta canonizationis S. Dominici, hrsg. v. A. Walz, in: Monumenta historica S. P. Dominici 123–167 (MOPH XVI), Rom 1935.

Prozeß Toulouse: ebd. 176–187.

Hystoria Albigensis: Petri Vallium Sarnaii Monachi, Hystoria Albigensis, hrsg. v. P. Guébin und E. Lyon, Paris 1926.

Jordan, Anfänge: Jordani de Saxonia, Libellus de principiis Ord. Praedicatorum, hrsg. v. H. Chr. Scheeben, in: MOPH XVI, 25–88.

Jordan, Enzyklika: B. Jordani litterae encyclicae (1233), hrsg. v. Th. Kaeppeli, in: Archivum Fratrum Praedicatorum 22 (1952) 182–85.

Petrus Ferrandi, Legende: Legenda S. Dominici Petri Ferrandi, hrsg. v. M. H. Laurent, in: MOPH XVI, 209–260.

Konstantin von Orvieto, Legende: Legenda S. Dominici Constantini Urbevetani, hrsg. v. H. Chr. Scheeben, ebd. 286–352.

Humbert, Legende: Legenda S. Dominici Humberti de Romanis, hrsg. v. A. Walz, ebd. 369–423.
Bartholomäus von Trient, Legende: Legenda S. Dominici Bartholomaei Tridentini, hrsg. v. B. Altaner, in: Der hl. Dominikus, Untersuchungen und Texte 230–239, Breslau 1922.
Lebensbeschreibungen: Gerardi de Fracheto, Vitae Fratrum Ord. Praedicatorum, hrsg. v. B. Reichert, in: MOPH I, Leuven 1896.
Gerard von Frachet, Chronica secunda, ebd. 321–328.
Salagnac-Gui, Die vier Merkmale: Stephanus de Salaniaco et Bernardus Guidonis, De Quatuor in quibus Deus Praed. Ordinem insignivit, hrsg. v. Th. Kaeppeli, in: MOPH XXII, Rom 1949.
Stephan von Bourbon, Predigtmaterialien: teilweise hrsg. v. A. Lecoy de la Marche, in: Anecdotes historiques... d'Étienne de Bourbon, Paris 1877.
Cäcilia, Wundergeschichten: Miracula beati Dominici quae narravit Cecilia Romana, hrsg. v. A. Walz, in: Archivum Fr. Praed. 37 (1967) 21–44.
Theodoricus de Apoldia, Legenda S. Dominici: in Acta Sanctorum, Augusti, Antwerpen 1733, 558–628.
Cronaca del Monastero di S. Agnese in Bologna: hrsg. v. G. Cambria, in: Monastero domenicano di S. Agnese in Bologna, Bologna 1973.
Die neun Gebetsweisen des hl. Dominikus: De novem modis orandi S. Dominici, hrsg. v. I. Taurisano, in: Analecta Sacri Ord. Praedicatorum 15 (1922) 95–106.

Übersetzungen

Prozeß Bologna: Sankt Dominikus, Zeugnisse seines Innenlebens, hrsg. v. G. Hofmann, in: Dominikanisches Geistesleben 10, 27–88, Vechta 1935.
Prozeß Toulouse: ebd. 93–107.
Jordan, Anfänge: Meister Jordan, Das Buch von den Anfängen des Predigerordens, übersetzt von M. D. Kunst, Kevelaer 1949.
Lebensbeschreibungen: Dominikanerlegende. Aus dem Lateinischen des Gerhard von Frachet ausgewählt und bearbeitet von R. M. Stadtmüller, Dülmen i. W. 1921, 7–43: Von dem heiligen Vater Dominikus, dem Gründer des Predigerordens.
Die neun Gebetsweisen des hl. Dominikus: G. Hofmann, Sankt Dominikus,

Edelsteine und Gold und Silber. Von Tagesanbruch bis um neun war sie in ihrem Zimmer in Betrachtung. Sie konnte aber aus Furcht vor ihren Verwandten das nicht tun, was sie wünschte und was sie Dominikus versprochen hatte, nämlich ein Haus für die Frauen bauen, das zum Orden gehören sollte. Am Fest der hl. Maria Magdalena sagte sie, sie wolle das Kloster Ronzano besuchen. Sie ging mit großem Prunk und von vielen Frauen begleitet dorthin. Dann ging sie allein in den Schlafsaal der Schwestern und bat völlig unerwartet um das Ordenskleid, das sie auch bekam. Das vernahmen die anderen Frauen, die mit ihr gekommen waren, und sie verbreiteten die Nachricht in der Stadt, worauf viel Volk, Männer und Frauen, Verwandte und Freunde zusammenliefen und sie mit solcher Gewaltanwendung aus dem Kloster holten, daß sie sich eine Rippe brach. Danach lag sie ein Jahr lang krank im Hause ihres Vaters.
Zu jener Zeit war der selige Vater Dominikus wieder in Bologna. Er freute sich sehr, als er von ihrem Klostereintritt hörte; als er dann aber auch von den Beleidigungen hörte, die man ihr zugefügt hatte, war er sehr traurig. Während sie zu Hause krank lag, schickte er ihr heimlich Briefe, denn ihre Eltern ließen sie mit niemandem reden, ohne daß ein Verwandter zugegen war. Da aber ging der selige Dominikus glücklich in die ewige Heimstätte ein, und Schwester Diana war im Hause ihres Vaters, niedergeschlagen ob dem Verlust eines so guten Vaters. Aber der allmächtige Gott, der sie vor der Erschaffung der Welt auserwählt hatte, verließ sie nicht, sondern hatte Erbarmen mit ihr und entfernte langsam die Hindernisse, und sie fing an, sich von ihrer schweren Krankheit zu erholen. Als sie sich nur ein wenig erholt hatte, verließ sie das Haus ihres Vaters erneut und floh – in der Nacht vor Allerheiligen – ins Kloster zurück. Die Eltern waren ver-

Zeugnisse seines Innenlebens, in: Dominikanisches Geistesleben 10, 117–133, Vechta 1935.

A. Rotzetter, Die Gebetsmethode des hl. Dominikus, in: Geist und Kommunikation. Versuch einer Didaktik des geistlichen Lebens, Seminar Spiritualität 4, Zürich-Einsiedeln-Köln 1982, 164–75.

Neuere Lebensbeschreibungen und Studien

Altaner Berthold, Der hl. Dominikus. Untersuchungen und Texte, in: Breslauer Studien zur historischen Theologie 2, Breslau 1922.

Bedouelle Guy, Dominique ou la grâce de la Parole, Paris 1982.

Elm Kaspar, Franziskus und Dominikus. Wirkungen und Antriebskräfte zweier Ordensstifter, in: Saeculum 23 (1972) 127–147.

Hertz Anselm, Dominikus und die Dominikaner, Freiburg i. Br. 1981.

Koudelka Vladimir J., Notes sur le cartulaire de S. Dominique I–III, in: Archivum Fr. Praedicatorum 28 (1958) 92–114, 33 (1963) 89–120, 34 (1964) 5–44.

— Notes pour servir à l'histoire de saint Dominique, ebd. 35, (1965) 5–20, 43 (1973) 5–27.

— Le «Monasterium Tempuli» et la fondation dominicaine de San Sisto, ebd. 31 (1961) 5–81.

Nigg Walter, Vom Geheimnis der Mönche, Zürich 1953, 286–323.

Scheeben Heribert Chr., Der hl. Dominikus, Freiburg i. Br. 1927.

— Der hl. Dominikus. Gründer des Predigerordens – Erneuerer der Seelsorge, Essen 1961.

Vicaire Humbert M., Geschichte des hl. Dominikus I–II, Freiburg i. Br. 1963.

— Dominique et ses Prêcheurs, Fribourg 1977.

— Histoire de saint Dominique I–II, Paris 2 1982.

Gotteserfahrung und Weg in die Welt

Bisher sind erschienen:

AURELIUS AUGUSTINUS
BERNHARD VON CLAIRVAUX
HILDEGARD VON BINGEN
MEISTER ECKHART
JOHANNES TAULER
CATERINA VON SIENA
GEERT GROOTE / THOMAS VON KEMPEN
IGNATIUS VON LOYOLA
TERESA VON AVILA
JOHANNES VOM KREUZ

Als nächstes erscheint:

FRANZ VON ASSISI

Walter-Verlag